JEAN-PIERRE ALAUX

ET L'ANGE DE REIMS GRIMAÇA

INÉDIT

10/18

Grands détectives

créé par Jean-Claude Zylberstein

Du même auteur
aux Éditions 10/18

TOULOUSE-LAUTREC EN RIT ENCORE, n° 4324
AVIS DE TEMPÊTE SUR CORDOUAN, n° 4460

ISBN 978-2-264-05711-2

1

Cet après-midi-là, même les gargouilles de la cathédrale tressaillaient de joie. Comme aux premières heures de la Libération, les cloches en furie répandaient sur les toits luisants de Reims leurs volées de bronze. Fallait-il que l'événement soit d'importance pour susciter pareille effervescence ! Était-ce Pâques ou l'Ascension, la canonisation de dom Pérignon ou la venue de Paul VI pour provoquer un tel ramdam ?

Ce 14 juin 1974, la cathédrale des rois de France connaissait l'affluence des grands jours. Sur le parvis, des touristes en goguette se haussaient du col, traquant le moindre indice avant de s'engouffrer à leur tour dans la nef archicomble.

Quelques minutes auparavant, Jean Taittinger, le visage grave et l'allure fière, était entré dans l'immense vaisseau de pierre, tenant par la main un petit homme chenu dont la frêle silhouette semblait flotter dans son manteau sombre. Son épouse trottinait dans son sillage, le dos courbé, ployant sous l'épais fardeau des honneurs.

Mgr Ménager, l'archevêque de Champagne, avait revêtu pour la circonstance sa plus belle chasuble. Solennel, il promenait sa crosse parée d'or dans les travées avec la componction des gens d'Église. Partout les flashes crépitaient, l'assemblée bourdonnait, pendant que l'orgue entonnait l'incontournable *Toccata* de Bach.

Aux premiers rangs, les autorités avaient pris place : M. Bussière, sous-préfet de Reims, M. Bernard Anthonioz, directeur de la création artistique aux Affaires culturelles, M. René Blondet, président du Comité des bâtisseurs et tant d'autres personnalités locales qui se donnaient de l'importance en se découvrant une foi nouvelle ou un sens aigu du sacré.

L'homme à l'origine de tant de fastes avait du mal à contenir son émotion. Le cheveu neigeux, les yeux chassieux, la tête baissée, c'est à peine s'il osait regarder les vitraux qu'il avait dessinés quelques mois plus tôt.

Lui, le Juif de Biélorussie, célébrait à sa manière la réconciliation des peuples et des religions. Comme si, à coups d'éclats de lumière enchâssés dans du plomb, il entendait réparer les outrages de ce peuple qui, trente ans auparavant, avait voulu anéantir sa race. Cette Allemagne belliqueuse qui, en 1914, avait déversé une pluie d'obus sur Notre-Dame de Reims.

De temps à autre, Marc Chagall crochetait ses doigts à ceux de sa femme Valentina. En réponse, elle esquissait en silence un léger sourire et noyait son regard au plus profond de cette fresque lumineuse descendue du ciel.

Séraphin Cantarel avait pris place parmi les notables champenois. Si Michel Guy, le tout nouveau secrétaire d'État à la Culture, n'avait pas jugé bon de faire le déplacement jusque dans la sous-préfecture de la Marne, il était représenté par le conservateur en chef des Monuments français. Séraphin avait été en effet l'ardent partisan de la création et de l'installation de ces vitraux modernes au sein de la cathédrale vieille de près de huit siècles.

Ami de longue date de Marc Chagall, le très téméraire Cantarel avait dû surmonter bien des oppositions pour que l'art contemporain ait droit de cité en ce lieu où les rois de France venaient se faire sacrer, avant que la Révolution leur fasse perdre têtes et couronnes. En vérité, dans ce projet, Georges Pompidou avait été son meilleur et indéfectible allié. Cependant, en Champagne, il s'était trouvé plus d'un catholique pour dénoncer cette initiative « soufflée par Satan ». Chagall avait beau fréquenter Reims depuis 1957, il n'était pas du sérail.

Son indéfectible amitié avec les maîtres verriers Jacques Simon ou Charles Marq n'offrait pas, pour certains tout au moins, des gages suffisants. Avec son sens aigu de la diplomatie, sa bonhomie naturelle et son œcuménisme légendaire, Séraphin Cantarel avait su balayer les dernières objections.

L'heure n'était désormais plus aux bisbilles stériles et aux tractations de l'ombre. Le consensus était bel et bien de mise : Reims consacrait un artiste de son temps dans le chœur même de son plus bel écrin de pierre.

Tout à coup le brouhaha s'estompa quand, d'un léger hochement de tête, l'archevêque rémois ordonna que résonne enfin le *Troisième Choral* de César Franck. Dès lors l'assistance n'eut d'yeux que pour ces « bleus de Reims » qui illuminaient une partie du chevet de la cathédrale. Le triptyque de Chagall était tout à la gloire d'Abraham, le père des croyants.

Quand monseigneur se hasarda à commenter le sens iconographique et mystique des vitraux, Séraphin afficha dans son attitude un soupçon de désinvolture. Il connaissait tout ou presque du talent de l'artiste. Théo, son assistant, manifesta d'un bâillement à peine réprimé le même détachement. Son regard croisa alors celui d'une jeune religieuse au teint d'albâtre et aux yeux cobalt. Il lui offrit son plus beau sourire, attitude que réprouva d'un froncement de sourcils Cantarel. La complicité bienveillante qui unissait le conservateur à son jeune acolyte faisait plaisir à voir.

Parmi les autorités religieuses, civiles et militaires qui occupaient les premières rangées, les deux représentants de l'État paraissaient s'ennuyer souverainement. Séraphin chercha en vain François Marty, l'ancien archevêque de Reims. Le Quercynois qu'il était tenait en haute estime cet homme d'Église à l'accent rocailleux qui exprimait à lui seul toute la rudesse du Rouergue. Le cardinal de Paris n'avait pas fait le déplacement. Son ministère ne l'accaparait que trop ; Cantarel en conçut une certaine déception.

Théo Trélissac fut soulagé quand les hôtes de la cathédrale furent invités à se rendre derrière l'autel, dans la chapelle du chœur, aux sons de la *Passacaille* de Bach. C'est une marée humaine qui en procession se dirigea vers les murs de lumières échafaudés par les ateliers Simon à partir des cartons millimétrés de Chagall.

Entouré d'enfants de chœur aux gestes gauches et aux rires niais, Mgr Ménager orchestrait cette mise en scène avec célérité. Soudain, il éleva l'encensoir en direction des vitraux avant de brandir le goupillon vers ces trois verrières où le bleu disputait aux blancs et aux rouges l'alliance de l'Ancien et du Nouveau Testament.

C'est alors qu'une rumeur ébranla le cortège. Aussitôt, ce ne fut que chuchotements et messes basses. Chacun penchait son oreille en direction de son voisin, susurrant quelques mots avant de chercher dans les yeux de son interlocuteur la confirmation de ce qu'il croyait avoir entendu *mezza voce*.

Théo apostropha son supérieur :

— Vous avez entendu, patron ? Il y a un mort dans le confessionnal !....

Trois minutes plus tôt, une femme en tailleur gris perle avait crié, effarée :

— Seigneur ! Mais elle est...

Plusieurs fidèles s'étaient alors précipités aux abords d'un des confessionnaux jalonnant l'aile sud de la cathédrale. Les plus incrédules avaient soulevé le rideau de feutrine noire qui barrait la stalle où la pénitente s'agenouillait.

Là, avec stupeur, ils avaient découvert le corps inanimé d'une jeune fille vêtue comme une première communiante. Elle portait une jupe plissée blanche, un chemisier de satin et des socquettes roses qui couvraient à peine ses maigres chevilles. Ses mollets étaient laiteux et lisses. Le regard vague, les cheveux bouclés maintenus par un serre-tête de velours rouge, la pénitente affichait un rictus de vierge surprise par la mort.

Des gendarmes arrivés à la rescousse, le képi sous le bras droit et la mine de circonstance, s'étaient aussitôt postés en faction devant le confessionnal.

Tous attendaient l'arrivée, que l'on disait imminente, de l'inspecteur Gayant.

— Que se passe-t-il ? demanda Chagall, rendu inquiet par toute cette sourde agitation.

— Ne vous inquiétez pas, répondit le sous-préfet. Juste une personne victime d'un malaise. Rien de grave.

Alors que le soleil de juin mettait en lumière le Christ ressuscité, une civière se frayait un chemin parmi la foule de plus en plus bruyante. En moins de cinq minutes, elle emporta le corps de la jeune fille dissimulé sous une épaisse couverture en fil d'Écosse.

Seuls dépassaient ses pieds menus. Les socquettes retroussées avaient la couleur rosée de la guimauve et ses chevilles dénudées laissaient entrevoir le bleu pâle de ses veines.

On eût cru une poupée de porcelaine qu'on emportait à la morgue.

2

Depuis que le *Grand Hôtel du Lion d'or* de la place Drouet-d'Erlon avait été livré comme un vulgaire lupanar aux griffes des pelleteuses et aux mâchoires des bulldozers, Séraphin Cantarel manifestait quelque scrupule à fréquenter les établissements étoilés de la ville. Il leur préférait, et de loin, une petite pension de famille tenue par un célibataire endurci.

Située à un jet de pierre de la cathédrale, c'était une maison de caractère, très élégante, couverte jusqu'au toit d'ampélopsis et toute gansée de belles ferronneries. Son unique fait d'armes : elle avait survécu aux orages d'acier orchestrés par l'artillerie allemande quand Reims était à feu et à sang.

Son propriétaire la tenait de sa mère : une pieuse femme, aujourd'hui impotente, qui se lamentait chaque jour que Dieu faisait sur le sort de son fils unique :

— Cinquante ans et toujours pas marié ! soupirait-elle en le voyant lustrer avec application la boule de cuivre régentant l'envolée de l'escalier qui donnait accès aux six chambres de la pension.

Théo Trélissac occupait la « 4 » alors que Cantarel, privilège de l'âge ou de son rang social, s'était vu octroyer la « 1 », plus spacieuse et surtout plus confortable. Depuis son précédent séjour en Champagne, la literie mais aussi les tentures et les tapisseries avaient été remplacées. Luxe suprême : le téléviseur couleur, de marque Telefunken, était doté d'une télécommande à ultrasons.

Ce soir-là, Séraphin trouva difficilement le sommeil. Les vitraux de Chagall, et notamment le visage diaphane de Marie-Madeleine au pied du Christ supplicié, se superposaient à celui de la jeune fille découverte recroquevillée dans le confessionnal. Cantarel revoyait le filet de sang qui s'écoulait de l'une de ses narines, rougissant sa joue pâle et ses lèvres si fines. Sa bouche exprimait un étrange dégoût. Comme si cette mort précipitée lui avait été dictée par son diabolique confesseur.

Pour d'autres raisons, Théo, lui non plus, ne parvenait à s'endormir. Les draps étaient trop rêches, l'oreiller bien trop mou et le matelas trop dur. Il n'avait qu'une hâte : retrouver sa chambre mansardée de la rue Montorgueil à Paris. Certes, son modeste logement était à peine plus confortable que cette pension de famille, mais il avait le mérite d'être habité par sa dernière conquête : une étudiante de la Sorbonne à la crinière brune, aux yeux en amande et aux seins délicieusement moulés dans une coupe à champagne.

C'était Séraphin qui avait dû insister pour qu'il soit de ce voyage initiatique. L'œuvre mystique de Chagall méritait, estimait-il, d'être examinée « sous toutes ses coutures ». À vrai dire, Trélissac n'avait pas la foi de sa mère et rangeait Dieu au rayon des accessoires oubliés. Comme tout étudiant qui s'était distingué en histoire de l'art, il admirait davantage la prouesse des artistes hollandais ou italiens que celle effectuée en des temps improbables par le Grand Architecte de l'univers. À ses yeux, le Créateur n'était rien d'autre que cet être chevelu, toujours entouré d'une myriades d'angelots, qui posait ses fesses sur quelques cumulonimbus au hasard d'un retable ou d'une fresque par trop bariolée.

Saül, David et Salomon n'étaient pas ses compagnons de lecture et l'Ancien comme le Nouveau Testament n'avaient jamais été ses livres de chevet. Il n'en concevait du reste aucun complexe. Seul Cantarel lui en faisait parfois le reproche :

— Ce triptyque est peut-être l'ultime œuvre de Chagall en faveur de la paix. Vous n'avez pas le droit, mon garçon, de passer à côté de cette lumière descendue du Ciel ! lui avait marmonné Séraphin en lui tendant le carton d'invitation qui tenait lieu de lettre de mission.

Dans la salle dite « des petits déjeuners », les deux hommes s'étaient retrouvés à l'heure du laitier. Chacun était plongé dans la lecture de *L'Union de Reims*.

Un titre en caractères gras barrait la une du quotidien champenois :

MYSTÉRIEUX CADAVRE DANS UN CONFESSIONNAL

Le génie de Chagall, l'hommage appuyé en faveur de la réconciliation des peuples et la venue de Tchervonenko, l'ambassadeur d'URSS en France, étaient relégués au second plan au profit de ce singulier fait divers qui défrayait la chronique.

Le rédacteur de l'article ne semblait pas en savoir beaucoup plus que la police : le reporter se perdait en conjectures fumeuses, ignorant tout ou presque de l'enquête, jusqu'à l'identité de la victime.

Quel âge avait cette jeune fille si frêle ? Treize ans ? Quinze ans peut-être ? D'où était-elle ? De Reims, d'Épernay ou d'ailleurs ? En tout état de cause, il ne s'était trouvé aucun parent pour la réclamer dans les longues heures qui avaient suivi la découverte du corps.

Quant aux circonstances exactes de sa mort, le lecteur pouvait laisser libre cours à son imagination. Une mort naturelle en pleine confession ? Le prêtre, à n'en pas douter, se serait rendu compte du malaise de sa pénitente et n'aurait pas manqué de la secourir. L'inverse aurait été si peu charitable !

L'autopsie, pratiquée à la morgue de Reims, ne manquerait pas de lever le voile sur une possible déficience cardiaque. Mais alors, pourquoi ce filet de sang ? Le journaliste, toujours en quête de sensationnel, se plaisait à explorer la piste criminelle. Et si la victime avait été étouffée par un voleur d'enfant ? Un satyre ? Aucune ecchymose, aucune trace de strangulation n'étaient pourtant visibles sur ce corps de cire aux yeux révulsés et aux lèvres contractées. Le mystère s'épaississait au fur et à mesure que l'échotier de Reims échafaudait mille hypothèses que ne devaient pas manquer d'explorer les policiers saisis de l'affaire.

Une photographie en noir et blanc illustrait l'article. On y voyait un des confessionnaux de la cathédrale où les ouailles rémoises venaient à Pâques ou à Noël se délester de leurs menus péchés. La légende précisait : « C'est dans ce confessionnal que l'on a retrouvé le corps sans vie de la victime dont l'identité n'a pas encore été révélée. »

Cantarel replia en quatre le quotidien et soupira :

— J'en sais autant ce matin qu'hier soir à la sortie de la cérémonie !

— À part pisser la copie, ils ne savent strictement rien faire.

Le célibataire, que Séraphin appelait par son prénom, s'approcha d'eux avec sa cafetière :

— Vous en reprendrez bien une lichette, monsieur Cantarel ?

— Volontiers ! répondit le conservateur en tendant sa tasse.

— Et le jeune homme ? insista le vieux garçon d'un sourire appuyé.

— Non merci ! En revanche, s'il vous reste une chocolatine, je suis preneur.

— Théo, je vous ai déjà dit qu'on ne dit pas « chocolatine » mais « pain au chocolat. Vous êtes décidément incorrigible !

— Chez moi, dans le Limousin[1], on dit : pourquoi tortiller du cul quand il suffit de chier droit ! Oui, c'est vrai, car après tout, cette gamine, que vous le vouliez ou pas, elle n'est pas morte par l'opération du Saint-Esprit ! Son meurtrier l'a déposée dans ce cagibi pour mieux s'en débarrasser.

— Si je suis votre raisonnement, Théo, l'auteur du coup aurait été mieux inspiré de cacher la malheureuse dans la niche du confesseur ! Non ?

— Très juste, patron ! Peut-être le confessionnal était-il fermé à double tour ?

1. Voir *Toulouse-Lautrec en rit encore*, 10/18, n° 4324.

— Vous avez oublié, Théo, le temps, pourtant pas si lointain, où vous étiez encore enfant de chœur. Il n'y a jamais de serrure dans ce genre d'isoloir. Le bien comme le mal ne supportent pas d'être mis sous clef !

— Saint Pierre n'est-il pas le détenteur des clefs du paradis ? railla Trélissac, pas peu fier de sa repartie.

— Je vous le concède car, pour ce qui est de l'enfer, il paraît que l'accès est libre et que déjà vous avez pris une option au département « luxure ». N'est-ce pas, Théo ?

Trélissac se fendit d'un beau sourire alors que Norbert, un rien condescendant, apportait dans une corbeille en osier sur laquelle il avait déplié un napperon l'unique pain au chocolat qui restait en cuisine.

— Vous êtes en train de me faire une réputation, patron ! Moi, un coureur de jupons ? Même ma mère me donnerait le bon Dieu sans confession !

— Justement, c'est la raison pour laquelle vous ne comprenez rien, Théo, à cette maudite histoire de confessionnal.

— Peut-être, soupira l'assistant, pressé de déguerpir. Maintenant que nous avons fait nos mondanités auprès de votre très cher Chagall, que je sais tout de ce « géant de l'art contemporain et de sa dimension mystique », pour reprendre votre propre expression, j'ai cru comprendre qu'il y avait du travail qui nous attendait à Paris ?

— Votre empressement n'a d'égal que votre envie d'aller rejoindre celle pour laquelle vous vibrez. C'est légitime à votre âge, Théo ! Mais notre mission ne saurait s'arrêter là. Cette cathédrale mérite d'être protégée de jour… comme de nuit !

— Vous avez peur, monsieur, que l'on caviarde les vitraux de votre ami ?

— Cette installation, aussi vénérée soit-elle, n'est pas du goût de tout le monde. Loin s'en faut... Il y a quelques mauvais paroissiens qui ont vu dans ces vitraux modernes une offense à la religion catholique. Sous le sceau du secret, le sous-préfet m'a parlé d'un rapport des renseignements généraux faisant état d'une nébuleuse activiste. Elle réunit un quarteron d'intégristes prêts, dit-on, à réduire en charpie l'œuvre de Chagall.

— Vous êtes sérieux, monsieur Cantarel ?

— Ai-je l'air de plaisanter ? rétorqua Séraphin en fixant dans les yeux son assistant qui dévorait sa viennoiserie avec gloutonnerie.

Théo baissa son regard comme il le faisait parfois quand il était pris en défaut par son mentor.

— Il convient sans délai de mettre un grillage de protection à l'extérieur et de renforcer le système de sécurité de Notre-Dame. Je suis persuadé que cette gamine a été assassinée la nuit.

— Avec tout le respect que je vous dois, je vous trouve un peu parano, monsieur le conservateur. Et, jusqu'à preuve du contraire, rien ne confirme que cette gamine ait été assassinée.

— Il faudra me convaincre du contraire, Théo !

— Mais franchement, quel serait le mobile ? répliqua Trélissac.

Séraphin Cantarel leva les yeux au ciel comme si les mystères de la nature humaine étaient insondables.

— Vous pensez qu'elle a été abusée ? demanda Théo d'un air incrédule.

— D'apparence, elle avait tout d'une vierge. Ses vêtements paraissaient impeccables. L'autopsie nous éclairera sur ce point.

Sans prendre part à la conversation, Norbert Lectoure, gilet seyant et chemise à col cassé, ne perdait pas une miette de l'échange entre les deux hommes.

L'allure placide mais l'œil vif, l'héritier de *La Grenouillère* – c'était le nom de la pension de famille – assurait la mise en place du petit déjeuner, alignait avec soin les couverts, les tasses, distribuait les pots à lait et ceux de confitures. « Oranges amères de Séville ou myrtilles des bois, c'est au choix ! » avait-il précisé avec un soupçon de préciosité dans la voix. Seules les carafes de jus d'orange mettaient un peu de couleur dans cette salle sinistre, éclairée par un lustre en laiton flanqué d'abat-jour en faux parchemin, le tout piqueté de chiures de mouches.

Aucun client n'était encore descendu. En réalité, cette pension de famille n'accueillait que des couples âgés sur lesquels le temps n'avait plus de prise. Ils n'étaient ni pressés ni affamés. Leur vie se résumait à de petites habitudes et à de longs silences. « C'est une clientèle bien sous tous rapports », comme le soulignait Norbert.

Nul doute qu'il aurait aimé faire part à ses hôtes de son point de vue sur cette affaire, mais c'est sa maman, longtemps chaisière à Notre-Dame, qui pouvait avoir une parole autorisée sur la question.

— Allons-nous vous compter parmi nos pensionnaires encore quelques jours ? demanda d'un air faussement innocent le maître des lieux en même temps qu'il glissait des serviettes en papier sous chacune des tasses.

— Quelques jours, en effet, ajouta Cantarel d'un ton évasif.

Théo parut contrarié par cette réponse. Il éprouva aussitôt l'envie impérieuse de quitter sur-le-champ cette pension de famille qui sentait passablement le réséda et les idées étriquées.

— Que faisons-nous, monsieur le conservateur ? s'impatienta-t-il.

— Nous allons assister aux laudes. Une petite prière le matin, c'est le plus sûr moyen d'avoir Dieu comme allié pour le reste de la journée.

— Voilà bien un conseil à prodiguer aux flics chargés d'enquêter sur le… *mystérieux cadavre du confessionnal* !

D'une voix de velours, Trélissac se plaisait parfois à imiter le timbre de Jean Marais quand il jouait Lagardère sous les traits du Bossu.

Une fois franchie la porte cochère de *La Grenouillère*, Cantarel et son fidèle assistant n'avaient que quelques pas à faire avant de se retrouver dans la pénombre de la cathédrale où flottait une douce odeur de cire chaude.

Nez camus, épaisse moustache cendrée, yeux mutins, taille de bouffon et costume bien trop cintré pour un homme d'aussi petit gabarit, l'inspecteur Gayant promenait son arrogance dans les travées de la cathédrale à la façon d'un jars de basse-cour. L'œil hautain, la mine dédaigneuse à l'égard des pieux et suspicieuse vis-à-vis des curieux attirés dès potron-minet par la mauvaise nouvelle, le limier était aux aguets.

Des scellés étaient en train d'être posés sur le confessionnal incriminé et un ruban de sécurité avait été dressé aux abords. Au préalable, à l'aide de petits pinceaux, deux jeunes policiers gantés et méticuleux avaient procédé aux relevés des moindres indices. Un troisième avait éclairé ses collègues avec une torche électrique qui fouillait les sombres entrailles du confessionnal. À intervalles réguliers, le faisceau lumineux jaunissait, accusant quelques signes de faiblesse :

— Nom de Dieu, voilà que la batterie nous lâche… C'est pas le moment !

L'adjoint de Gayant ne manqua pas de tiquer :

— Un peu de tenue, messieurs, vous êtes dans un lieu de culte, tout de même !

Les hommes en civil poursuivirent leurs investigations sans moufter.

Pendant ce temps, l'inspecteur Gayant avait entrepris l'abbé Sotte, celui-là même qui venait d'officier dans le chœur devant une assistance clairsemée.

Le serviteur de Dieu était un homme au visage émacié, au crâne rasé et aux yeux en fer-blanc. Dans ses habits sacerdotaux, il semblait flotter. Il joignait le geste ample à la parole généreuse. Pour sûr, ce devait être un Méridional, un disciple de la Bonne Mère tant son accent trahissait le Midi de Pagnol et de Giono réunis.

— Ne me demandez pas, inspecteur, de trahir le secret de la confession, prévint le curé en levant l'index.

Gayant mit sa main droite sur le cœur comme pour témoigner de ses bonnes intentions.

— N'avez-vous pas, mon père, remarqué quelque chose d'anormal : un drôle de paroissien qui rôderait depuis quelques jours dans la cathédrale. Vous voyez ce que je veux dire…

— Vous voulez dire : quelqu'un qui ne m'aurait pas paru très… catholique ?

La différence de taille entre les deux interlocuteurs était à l'avantage de l'homme d'Église. Et l'abbé Sotte s'en amusait :

— Notre-Dame voit passer chaque jour près d'un millier de visiteurs dont les deux tiers sont des mécréants, si je devais avoir un œil sur chacun…

L'inspecteur hocha la tête :

— Oui, bien sûr, je comprends.

Puis, de la poche intérieure de son imperméable, Gayant sortit un cliché : le portrait d'une jeune fille pâle aux yeux clos, semblant dormir.

Le curé ôta ses lunettes cerclées d'or :

— Désolé, inspecteur, cette créature de Dieu m'est totalement inconnue. Quel âge a-t-elle ? ajouta l'ecclésiastique un peu troublé.

— À cette heure, je l'ignore.

Louis-Guy Gayant enfouit alors la photographie dans sa gabardine en s'excusant :

— Pardon, monsieur l'abbé, pour le dérangement. Mes hommes risquent encore de se montrer… comment dirais-je…

— Intrusifs, riposta le prêtre à l'accent de Provence.

— Oui, c'est cela, confirma l'homme de la PJ, désarçonné par le prélat.

Et ce dernier de rattraper le policier par la manche :

— Vous devriez, inspecteur, consulter sœur Jocelyne : elle est en charge du catéchisme. C'est la mémoire de notre paroisse. Juste un peu bavarde, mais c'est une sainte femme !

— C'est une bonne idée. Merci, mon père.

Apercevant soudain Séraphin, l'abbé Sotte se précipita sur le conservateur avec empressement :

— Quelle affaire, monsieur Cantarel ! Voilà une publicité dont je me serais bien passé. Même l'évêque est aux cent coups !

— Comptons sur la police pour lever le mystère, railla Séraphin sur un ton qui se voulait rassurant.

— Que Dieu vous entende ! clama l'abbé en levant les yeux vers la voûte de la nef. Et vous, Théo, qu'en pensez-vous ?

L'assistant du conservateur regarda le bout de ses Teddy Smith avant de lâcher :

— Moi, pauvre pécheur, je préfère garder mes péchés que d'obtenir l'absolution fatale !

Le père Sotte fit une moue feinte.

— Monsieur Cantarel, surveillez votre assistant. Derrière son air de saint Innocent se cache, je vous le dis, un esprit subversif.

La tape amicale qu'administra l'abbé dans le dos de Cantarel trahissait chez ce prêtre un sens de l'humour qui n'était pas pour déplaire aux deux émissaires du ministère de la Culture.

Dans son coin, l'inspecteur Gayant épiait les trois hommes en enfouissant ses petits poings dans son burberry.

À son endroit, le conservateur se contenta de hocher la tête à distance. Le temps des présentations n'était pas encore venu. L'inspecteur Gayant souffrait d'un complexe d'infériorité et défiait du regard tous ceux qui incarnaient l'autorité. Qu'elle fût morale, religieuse ou militaire.

Théo l'ignora superbement. La décontraction du jeune homme, la complicité qui l'unissait à son supérieur, leurs rires sous cape et leurs chuchotements de potaches devaient irriter l'enquêteur en mal d'indices.

Peu à peu la cathédrale perdait de son mystère et de son caractère sacré. L'office du matin terminé, le monument était livré aux visiteurs. La lumière de juin pénétrait par les vitraux opaques. Ceux que la guerre de 14-18 avait fait voler en éclats et qui avaient été remplacés par un simple verre poli.

Des guides habilités accueillaient des groupes de touristes et ainsi des essaims se formaient aux quatre coins du transept. Les plus fervents plantaient des cierges sur des supports en fer forgé en même temps qu'ils jetaient des pièces de monnaie dans des troncs.

On y parlait français, anglais, espagnol et même allemand. Résonnaient les noms de Clovis, Charles VII, Jeanne d'Arc, Viollet-le-Duc et bien sûr Chagall. Des têtes se tournaient vers le haut de la nef quand le guide égrenait la hauteur de celle-ci : « Plus grande que Notre-Dame de Paris, mais inférieure à Saint-Pierre de Beauvais. »

— Bonjour, monsieur Cantarel ! maronna Ferdinand, le plus ancien des guides de Reims qui se piquait d'archéologie et était membre d'obscures sociétés savantes.

Le conservateur le salua à son tour tandis que Théo l'évita.

— Il faut que je vous parle, ajouta l'homme à la barbe blanche qui ne cessait de ponctuer chacun de ses commentaires par « n'est-ce pas » ou « voyez-vous ».

Atteint de la maladie de Parkinson, son index tremblotait quand il désignait rosaces et vitraux de Notre-Dame.

Séraphin lui fit un signe de la tête : le moment n'était pas très opportun.

— C'est un raseur de première ! Mais il ne dit pas que des choses fausses, chuchota discrètement Cantarel à l'oreille de son collaborateur.

— Il a une tête à offrir des Carambar aux enfants de chœur, ajouta Théo, la malice au coin des lèvres.

— Depuis hier, vous voyez des pervers partout ! Quittons cette cathédrale, sinon vous êtes capable de mettre au ban des accusés tous les anges qui nous entourent.

— Dieu m'en préserve ! ricana Trélissac qui ne manquait pas une occasion de brocarder les convictions religieuses de son employeur.

L'inspecteur Gayant observait le manège des deux représentants du ministère de la Culture. Théo et Séraphin passèrent une nouvelle fois devant l'enfilade des confessionnaux :

— Faut-il que les gens d'ici aient beaucoup de choses à se reprocher pour qu'il y ait autant de « buffets à pardon » ! ironisa le jeune homme.

— Vous oubliez un peu vite, Théo, que vous êtes dans l'une des plus belles cathédrales de France. Elle a vu le baptême de Clovis et le sacre de tous les rois capétiens…

— À l'exception d'Hugues Capet, Robert II, Louis VI, Henri IV et Louis XVIII ! répliqua tout de go Trélissac.

— Quelle érudition, mon ami ! Je n'en attendais pas tant de vous.

— J'aime bien vous étonner, patron !

— C'est chose faite. Allez, allons-nous-en, Théo. Je nous sens un peu épiés.

— Oui, le nain à moustache est en train de jouer sa carrière et, plus encore, avec ses nerfs.

Un vibrant battant de cloche fissura tout à coup la conversation.

— C'est Clotilde qui fait des siennes ! assena Cantarel.

— Clotilde ?

— Oui, la cloche qui sonne la demie !

— Je croyais que c'était le prénom de la gamine zigouillée dans le confessionnal.

— Comment le connaîtrais-je ? répliqua Séraphin.

— Quand on porte un prénom qui se confond avec celui des anges, on peut être un peu devin, non ?

— Ne me prêtez pas, Théo, des pouvoirs que je n'ai pas…

Gayant était derrière un pilier, faisant mine de consulter le plan de la cathédrale. Il avait sorti de son burberry un calepin de toile noire sur lequel il griffonnait quelques indications. Il le referma dès que Cantarel et son assistant renoncèrent à l'ombre de Notre-Dame pour le ciel bleu qui éclaboussait son parvis.

— Tiens, le voilà, lui ! Il a bien raison de se marrer… persifla Théo.

Circonspect, Cantarel regarda l'ange de pierre qui les toisait du regard.

— Vous faites erreur, mon grand ! Ce n'est pas le bon…

— C'est bien « l'ange au sourire » qu'on voit partout en cartes postales ?

— Que nenni !

Le conservateur posa la main sur l'épaule de son assistant et l'invita à faire quelques pas vers la droite, là où, figée dans un drapé de pierre, une autre ribambelle d'anges défiait le temps. Dans l'embrasure du portail de gauche de la façade occidentale se tenait

« l'ange de saint Nicaise » au sourire tout aussi énigmatique que le premier.

— C'est à croire qu'ils sont jumeaux, ces deux-là ! déclara Théo.

— On peut penser en effet qu'ils ont été sculptés dans le même atelier, peut-être par le même artiste ! confirma Cantarel. Le premier est dit « l'ange de l'Annonciation ».

— C'est donc Gabriel ?

— Oui, si l'on veut…

— Enfin, patron, n'ébranlez pas les seuls rudiments des Évangiles que je connaisse !

— Vous avez raison, Théo, mais les historiens préfèrent le désigner ainsi. Il faut dire que les anges sont si nombreux ici qu'on peut facilement en perdre son latin.

— Si c'est vous qui le dites… plaisanta Trélissac.

Séraphin eut un sourire qui n'était pas sans rappeler celui de la statue de pierre, haute de plus de deux mètres soixante, qui posait un regard ironique sur un saint décapité tenant entre ses mains sa tête barbue de martyr promis à l'éternité.

— Savez-vous, jeune homme, que cet ange fut, lui aussi, décapité ? Et par qui, selon vous ?

— Je n'en mettrais pas ma tête à couper, mais par d'affreux protestants, je présume, pendant les guerres de Religion…

— Faux, Théo. Mais c'est une bien trop longue histoire, je vous la raconterai plus tard. En attendant, allons voir Chagall avant qu'il ne reparte dans son Midi.

— Allez-y sans moi ! Après tout, c'est votre ami. Moi, je vais demander à l'abbé Sotte de me confesser. J'ai quelques péchés, véniels je vous rassure, sur la conscience.

— À moins que ce ne soit l'appel de l'ange ? dauba Cantarel.

Les deux émissaires se séparèrent sur le parvis de la cathédrale avec l'envie d'en découdre. À l'évidence, les sourires narquois des anges de Reims trahissaient quelques secrets d'alcôves qu'il convenait d'élucider toutes affaires cessantes.

3

Marc Chagall s'apprêtait à regagner son atelier de Saint-Paul-de-Vence. Une dernière fois, il avait tenu à saluer Charles Marq et sa femme Brigitte, les maîtres verriers de Reims sans lesquels son œuvre, son fameux « bouquet mystique », n'aurait jamais vu le jour.

C'est dans leurs ateliers, au 44 de la rue Ponsardin, que Séraphin Cantarel était venu les rejoindre. Même s'il s'en défendait, l'artiste était affecté par ce regrettable fait divers qui avait détourné l'attention des Rémois. Tous les créateurs sont ainsi : ils ne supportent pas que l'on vienne leur faire de l'ombre. *A fortiori* quand l'œuvre est une succession de vitraux !

— En sait-on davantage sur cette malheureuse ? hasarda Mme Chagall qui se tenait debout aux côtés de son époux comme pour exprimer ce que taisait le vieil homme, affalé dans un fauteuil décati au velours flétri.

Charles Marq et le conservateur parisien se regardèrent avant de déclarer en chœur :

— Le mystère reste entier.

— Il n'y a pas de mystère ! ragea l'artiste qui soudain sortit de son silence. Ce crime est monté de toutes pièces. Mes vitraux dérangent les esprits bien-pensants, je le sais. Cette mort est un signe d'hostilité farouche…

— Que dis-tu là, Marc ? Tu divagues, répliqua Valentina en mettant la main sur l'épaule de l'octogénaire comme pour le protéger des démons de la persécution. C'est tout simplement une fâcheuse coïncidence, chevrota-t-elle.

Cantarel eut un regard compatissant à l'égard de cette petite femme qui tentait à coups de phrases vaines de rassurer l'artiste dont elle savait la santé fragile et l'esprit très torturé.

— Hélas, Valentina, toutes les hypothèses sont permises, même les plus sombres, pronostiqua d'un air grave Séraphin.

Charles Marq voulut alors dissiper le malaise naissant et proposa une nouvelle tasse de café à ses convives. Tous refusèrent, à l'exception de Cantarel.

Le soleil de juin déployait des gerbes d'or dans l'immense atelier Simon Marq dont les plafonds étaient à plus de six mètres des planchers. Par l'immense verrière, une lumière miellée se répandait sur les esquisses aquarellées jonchant les établis.

Pêle-mêle, il y avait encore là des maquettes, des gouaches, des dessins crayonnés, des éclats de verre, des baguettes de plomb, des essais de couleurs… Autant de traces attestant le minutieux et laborieux travail qui avait précédé la fabrication des vitraux de la cathédrale.

Sur ce décor désordonné, Chagall portait à présent un regard désabusé. Presque absent.

Dans un coin de l'atelier, il y avait une chaîne hi-fi affublée de deux belles enceintes en bois d'acajou. Sur la platine, un saphir dansait allègrement sur une galette de vinyle où était gravée la *Polonaise* n° 1 en *ut* dièse mineur de Frédéric Chopin. Le disque était un peu rayé pour avoir était trop souvent joué, mais la magie d'Arthur Rubinstein opérait toujours.

Dans cet antre verrier, vieux de plus de trois cents ans, la musique était indissociable de la création, comme si le plomb, les plaques de verre, les couleurs et l'inspiration ne pouvaient se passer du génie de Bach, Mozart, Chopin ou Pachelbel.

Marc Chagall ne se résignait pas à quitter ces lieux où il avait enfanté l'une de ses dernières créations, peut-être celle dont il était secrètement le plus fier.

Silencieux, la gorge nouée, Charles Marq partageait la même tristesse. C'était l'épilogue d'une belle et extraordinaire aventure qui avait absorbé un an et demi de leur vie. Heureusement l'arrivée impromptue de sa femme Brigitte rompit la nostalgie qui habitait les consciences de chacun.

Chevelure brune et menton volontaire, elle offrit à tous un sourire désarmant qui détendit l'atmosphère.

— Quelle tête vous faites ! Et vous, Marc, ces vitraux qui font l'admiration de tous vous confèrent *ipso facto* une place au paradis !

De sa main gauche, d'un geste las, Chagall lissa ses sourcils comme les êtres rêveurs en marge de la réalité. C'est alors que Séraphin remarqua que les deux arcs qui surmontaient les yeux délavés du peintre russe étaient étonnamment bruns au regard de ses cheveux si blancs.

Rien n'y faisait. Ni le soleil, ni Chopin, ni même l'enthousiasme communicatif de Brigitte Simon ne parvenaient à chasser l'étrange mélancolie qui habitait l'atelier du verrier rémois.

— Connaissez-vous, les amis, la rumeur qui court en ville ? demanda la femme de Charles Marq en même temps qu'elle sucrait son café.

Tout le monde fut soudain suspendu à ses lèvres.

— Raconte, chérie, insista son mari.

— La gamine qu'on a retrouvée dans le confessionnal. Alors, elle a été…

— Elle a été quoi ? s'impatienta Cantarel devant le suspense qu'entretenait délibérément la digne héritière des maîtres verriers Simon.

Du coup, Chagall était sorti de sa torpeur et s'était rencogné dans son fauteuil.

— … violée ? hasarda Charles.

— Non. Empoisonnée !

— Empoisonnée ? répéta Valentina Chagall en mettant sa main devant la bouche comme si elle avait prononcé un gros mot.

— Au cya-nu-re ! ajouta Brigitte d'une voix blanche.

— De qui tenez-vous cela ? demanda Cantarel, suspicieux.

— Du buraliste de la rue du Général-Sarrail. Son frère travaille à l'institut médico-légal…

— Elle n'a pas été abusée ? demanda Charles.

— Pas que je sache ! rétorqua l'experte en vitraux.

— Encore heureux, psalmodia Valentina dont la main gauche se cramponnait à l'avant-bras de Chagall.

Lequel se taisait et exposait son visage au soleil comme si cette histoire lui était à présent totalement étrangère.

— Et la victime ? insista Charles.

— Quoi, la victime ? s'étonna Brigitte.

— On sait qui c'est, à présent ?

— Inconnue au bataillon ! Ce n'est pas une fille de rue, bien trop jeune pour monnayer ses charmes. Plutôt une fille des beaux quartiers. Bien habillée, elle avait une croix à son cou et portait un bracelet au poignet gauche. Un bracelet en or !....

— Tu en sais des choses, Brigitte !

— C'est tout ce que j'ai pu soutirer à Jeannot. Tu le connais autant que moi : c'est une vraie pipelette ! S'il avait su autre chose, il ne se serait pas privé de me le dire.

— Une sale affaire ! résuma Séraphin qui prétexta un nouveau rendez-vous pour écourter ses adieux à l'artiste.

Non sans mal, Chagall s'extirpa de son fauteuil et remercia chaleureusement Cantarel pour son rôle déterminant dans l'élaboration du Comité des bâtisseurs, à l'origine de cette commande aussi artistique que spirituelle.

Valentina embrassa Séraphin qui donna l'accolade à son ami. Ils promirent de se revoir très bientôt à Saint-Paul-de-Vence.

— Venez nous voir, Séraphin, avec votre tendre épouse. Elle est tellement charmante... Et si drôle...

Cantarel fit un geste de la main pour signifier qu'il serait fidèle à cette promesse. Il remercia Charles et sa femme pour leur accueil et s'engagea à les revoir avant de regagner Paris. Il devait s'assurer que les vitraux de Chagall seraient protégés de l'extérieur comme de l'intérieur. Des châssis grillagés seraient fixés sous peu afin de prévenir tout vandalisme, sans compter les dégâts provoqués par les volatiles qui, à la nuit tombée, étaient attirés comme des papillons par les lumières intérieures de la cathédrale des rois.

Le téléphone résonna dans l'atelier au moment où Séraphin enfilait sa veste en tweed. Brigitte se précipita sur l'appareil en bakélite après avoir baissé le volume sonore de la chaîne hi-fi. Puis elle interpella le conservateur en partance qui, en dépit d'une météo printanière, s'évertuait à nouer autour de son cou l'écharpe en cachemire dont il ne se séparait jamais :

— C'est Théo ! Il veut à tout prix vous parler.

Le conservateur des Monuments français s'empara alors du combiné :

— On peut dire que vous tombez bien : j'ai du neuf, mon grand ! Rendez-vous à midi au *Café du Palais*.

Cantarel s'apprêtait à raccrocher quand il ajouta :

— Au fait, qu'aviez-vous à me dire, Trélissac ?

— Vous êtes assis, patron ?

— Non, je m'apprête à quitter les ateliers Simon et je suis tout excité par ce que je viens d'apprendre…

— Vous n'êtes pas au bout de vos surprises !

— Cessez vos cachotteries, Théo. Dites plutôt ce qui vous brûle les lèvres.

— On vient de découvrir une deuxième victime.

— Que dites-vous ?

— Je vous confirme que l'on vient de découvrir un second cadavre en haut d'une des deux tours. Et, écoutez-moi bien… Cette fois, c'est un gamin que l'on a retrouvé tout déloqué, le cul en sang.

— Nom de Dieu ! s'écria Séraphin.

Et Trélissac, quelque peu essoufflé, de poursuivre son récit à l'autre bout du téléphone :

— La tête fracassée sur l'une des anciennes cloches déposées sous le beffroi nord, au milieu des fientes de pigeons.

— Quel âge, le mouflet ?

— Douze ou treize ans !

— Dans les mêmes eaux sensiblement que la gamine du confessionnal, souligna Cantarel.

— Oui, sauf que là, patron, la victime a été identifiée.

Séraphin pressa son assistant :

— De qui s'agit-il ?

— Un enfant de chœur, un dénommé Philippe Fortin, fils unique d'une famille rémoise très pieuse. Scout de France, élève modèle, la raie sur le côté, je ne vous fais pas le plan ! Son père est pharmacien, sa mère travaille dans une grande maison de champagne à Épernay. Des gens bien comme il faut. Droite libérale, tendance chrétienne, un peu comme vous, patron !

Le conservateur détourna l'allusion :

— Il a été violé ?

— D'après vous ? Dois-je faire un dessin à M. Séraphin ?

— Pardonnez-moi, Théo. Où ai-je la tête ? Et Gayant ? demanda Cantarel.

— Vu la tournure des événements, il commence à se friser la moustache. Il se dit qu'il est peut-être confronté à l'affaire de sa carrière. Il va jouer à pile ou face. Ou il est malin et c'est la promotion assurée, ou bien il se noie dans le bénitier et peut s'attendre à une mutation pour Guéret ou Mende.

Devant tant de lucidité, le conservateur se crut autorisé à communiquer ses propres informations :

— La gamine a été empoisonnée.

— Vous êtes sûr, monsieur Cantarel ?

— Au cyanure !

— Vous me racontez des craques, patron ?

— Rendez-vous au *Café du Palais* dans un quart d'heure. OK ? Commandez deux coupes de ruinart. Je vous rassure, Théo, c'est moi qui rince ! J'arrive…

Les maîtres verriers de l'atelier Simon assistèrent à l'échange téléphonique sans mot dire.

Les mystères de la cathédrale de Reims prenaient tout à coup d'étranges proportions. En quoi l'œuvre de Chagall pouvait-elle être liée à cette curieuse affaire de mœurs ? La perplexité, pour ne pas dire l'inquiétude, se lisait sur leur visage incrédule.

— Je repasse très vite ! s'écria Cantarel quand il quitta la rue Ponsardin pour rejoindre d'un pas pressé le café le plus atypique de la ville.

Bien imprudemment, Théodore Trélissac s'était installé en terrasse. Sur le guéridon en marbre, deux flûtes de champagne attendaient leurs dégustateurs. Plus blanc que son cousin le dom-pérignon, le dom-ruinart jouait de son collier de fines perles pour séduire l'amateur éclairé.

— Pourquoi s'afficher en terrasse, Théo, à l'heure où la réserve est de mise ? fit remarquer Séraphin qui tenait la discrétion pour une vertu cardinale.

— Avec un temps pareil, c'est offenser Dieu que de se mettre à l'ombre ! rétorqua Trélissac, la main en visière et le sourire moqueur.

— Vous parlez comme un garçon de bonne famille, Théo. Vous filez un mauvais coton, mon grand !

Cantarel et son assistant se brocardaient ainsi quand ils avaient du grain à moudre. Chacun défiait l'autre dans la recherche de la vérité, qu'elle soit prosaïque ou historique.

— D'autant, Théo, que ce café est bien plus passionnant à l'intérieur que sous son velum.

Chacun prit sa coupe et ils trinquèrent les yeux dans les yeux avant de se diriger dans cette brasserie au style Art déco. Les deux enquêteurs eurent du mal à se frayer un chemin tant le café était bondé. C'était l'heure de l'apéritif et, à toutes les tables, il n'était plus question que des « abominables crimes de la cathédrale ».

Deux femmes chapeautées, parfumées comme des cocottes et toutes parées de breloques, renoncèrent à leur kir royal quotidien. Aussitôt, Théo bondit sur la table ainsi libérée et prit soin de tendre à l'une d'entre elles l'écharpe mauve qu'elle allait oublier sur la banquette.

— Vous êtes bien aimable, jeune homme, lui glissa la première alors que la seconde, derrière ses lunettes d'écaille, détaillait Séraphin Cantarel avec des yeux concupiscents.

— Je crois que vous avez produit votre petit effet, patron ! Vous qui voulez jouer les passe-murailles, c'est raté !

Le conservateur tenta de minimiser le compliment, rajusta son nœud papillon et se plut à apprécier une seconde gorgée de ce champagne aux notes légèrement toastées. Théo fit de même.

— Appréciez cette finale délicatement citronnée, mon garçon !

— Oui, juste cette pointe d'amertume qui rehausse le tout, déclara Trélissac d'un ton docte, singeant à la perfection son maître.

Puis, il ajouta :

— Il y a un côté un peu bric-à-brac dans ce café qui ne me déplaît pas…

— C'est ce qui fait tout son charme, poursuivit Cantarel qui considérait désormais son voisin de table avec une inhabituelle circonspection.

L'homme portait une cape comme on n'en faisait plus. Sous celle-ci, l'individu au visage émacié était en uniforme de militaire. Il était toutefois impossible de déterminer son grade, encore moins son arme et son régiment.

Lunettes cerclées, ganté jusqu'au poignet, il fumait le cigare avec une préciosité dans le geste qui imposait le respect. Devant lui, un seau à champagne dans lequel baignait parmi la glace pilée une demi-bouteille de brut de William Deutz. À intervalles réguliers, le serveur du *Palais* remplissait la flûte en lui donnant à tour de bras du « Je vous en prie, mon colonel ». Ce à quoi le militaire répondait par un imperceptible hochement de tête. Parfois, il sortait de sa poche une montre à gousset qu'il consultait comme s'il attendait un invité dont la ponctualité n'était pas le fort.

À son tour, Théo fut intrigué par ce personnage hors du temps. L'homme en uniforme semblait prendre un malin plaisir à dessiner quelques volutes grises à la barbe de ses voisins de table. Il jetait un regard dédaigneux, presque méprisant, sur cette assemblée caqueteuse et outrageusement provinciale. Cantarel et son assistant reprirent le cours de leur conversation comme de si de rien n'était :

— C'est l'un des plus anciens cafés de la ville, fondé par qui, selon vous, Théo ?

— Un Auvergnat ! répondit illico le jeune homme.

— Exact ! confirma le conservateur. Un dénommé Louis Millet qui, dans les années 1920, a quitté ses bruyères d'Auvergne pour Paris, histoire de faire fortune. Son rêve était d'être conducteur de taxi, mais la chance n'était pas sur son chemin et il dut se résigner à être simple garçon de café.

— Il aurait pu être ramoneur comme les Savoyards.

— Vous avez raison, Théo ! Toutefois, ce Louis-là était dévoré par l'ambition et il n'avait qu'une obsession : monter son affaire. Alors, avec sa femme Jeanne, dont le père était cordonnier à Montreuil, ils partirent s'installer à Reims où il n'y avait alors, paraît-il, que des « richards ».

— C'est fou ce que vous aimez raconter des histoires, patron !

— La grande Histoire n'est faite que de petites histoires, Théo…

— Alors, la suite ?

— Avec leurs économies, ils achetèrent à Reims, rue du Mont-d'Arène, un petit café : *Le Tout va mieux*.

— Ça ne s'invente pas ! railla Trélissac. Et ils firent fortune ?

— Pas vraiment, mais ils comprirent que dans un commerce, c'est l'emplacement qui prévaut. Alors ils décidèrent d'acheter le *Café du Grand Théâtre*. Ici même ! Qu'ils rebaptisèrent… *Café du Palais*.

— Et là : gagné ! anticipa Théo.

— Vous ne croyez pas si bien dirc ! Succès assuré : formule buffet froid, huîtres, escargots et petit blanc ! Et dans l'arrière-salle : deux billards Henin en noyer massif où tous les notables de Reims jouaient de la queue et de la craie comme on parie aujourd'hui au tiercé.

— Et c'était Jeanne qui était au comptoir et Louis à l'accordéon ? enchaîna Trélissac qui n'ignorait rien du répertoire de Gilbert Bécaud.

— Non, le pauvre Louis n'a pas fait de vieux os. Il avait été gazé pendant la guerre de 14-18 et a vite passé l'arme à gauche.

Séraphin observait du coin de l'œil le « colonel » et il ne fut pas dupe de l'oreille indiscrète que tendait le client au cigare.

— Il avait un héritier, au moins ? demanda Théo.

— Une fille. Une seule… prénommée Suzanne.

— Ne me dites pas que c'est un client du café qui va demander sa main ?

— Oui, je sais : ce n'est pas très original. C'est le fils du pharmacien du quartier, Robert Vogt, qui succombera au charme de la belle et joliment dotée Suzanne.

— Et c'est lui qui finira par passer derrière le comptoir en bois ?

— Pas du tout, Théo ! Jeanne resta vissée à ce comptoir et continua à mener son monde comme la douairière qu'elle était. Et puis le gendre en question était un enseignant. Un intellectuel… Cela n'a jamais fait de bons commerçants, c'est bien connu !

— Je croirais entendre ma mère, soupira Théo.

Pendant ce temps, le voisin taciturne réclamait une seconde bouteille de champagne.

Le serveur, familier du rituel, s'exécuta sur-le-champ :

— Bien, mon colonel !

Cantarel considéra la flûte vide de son assistant.

— Nous restons au ruinart ou nous passons au deutz ? demanda Cantarel d'un œil complice.

— Les veuves sont redoutables par ici. Prenons une clicquot, nous serons dans le ton !

— Va pour une clicquot, héla Séraphin en direction du garçon de café qui croulait sous les sollicitations des clients.

Le colonel toussota en même temps qu'il regardait une nouvelle fois sa montre. Décidément, celui ou celle qu'il attendait était très en retard, à moins que ce geste ne fût destiné qu'à lui donner une contenance.

— Qui va avoir la peau de Jeanne ? relança Théo.

— Vogt a eu trois enfants : deux filles qui ont terminé toutes deux bibliothécaires et un garçon, un peu artiste, qui fera l'école hôtelière de Paris tout en fréquentant les caves enfumées de Saint-Germain-des-Prés. Cigarettes, whisky et petites pépées ! Il sera l'ami de Boris Vian et de Françoise Sagan, paraît-il. C'était un zazou, comme on disait à l'époque ! C'est lui qui sera tenté par l'idée de reprendre l'affaire, mais la vieille était toujours là. Indéboulonnable, ajouta Cantarel.

— Un peu d'arsenic sur de vieilles dentelles… Et le tour était joué, ricana Trélissac.

Le colonel se raidit et laissa tomber un bouchon de cendres sur sa cape. Il s'empressa aussitôt de frotter l'étoffe pour n'en rien laisser paraître. Cette gesticulation soudaine le trahissait.

Cantarel poursuivit son récit avec ce talent de conteur qui n'appartenait qu'à lui :

— Le fils Vogt, Jean-Louis, tomba alors amoureux d'une Bretonne, Annick, et décida de faire du *Palais* son affaire. C'était compter sans le caractère acariâtre de Jeanne qui se cramponnait à la caisse comme si elle allait l'emporter au paradis. Rendez-vous compte, Théo, que c'est au crépuscule de sa vie que la vieille a consenti à vendre son café à son petit-fils moyennant… un certain pécule !

— Encore une qui ne fermait pas sa chatière avec du lard ! plaisanta Trélissac, qui tenait cette expression de son Limousin natal.

Le serveur déposa deux coupes sur la table. Cantarel et Trélissac trinquèrent une nouvelle fois. Et Théo de rentrer dans le vif du sujet :

— Comment savez-vous, patron, que la gamine du confessionnal a été empoisonnée au cyanure ?

— Je citerai mes sources, Théo, quand nous serons à l'abri des oreilles indiscrètes.

Cantarel détailla alors le militaire dont le visage se voulait impassible et ajouta froidement :

— Même si je sais que l'armée est une grande muette.

Pour la première fois, le colonel esquissa un sourire tout en ignorant ses voisins de table.

Mezza voce, Séraphin et son assistant évoquèrent ensuite l'adolescent dont le corps dénudé avait été retrouvé le matin même sur les toits de la cathédrale.

— Il a dû se débattre, le gamin ! Car son corps était couvert d'ecchymoses, murmura Trélissac, avant de poursuivre en n'omettant rien des détails qu'il avait pu collecter dans la matinée.

Quand l'assistant de Cantarel prononça le mot de « sodomie », le gradé réprima un sourire qui traduisait une certaine jubilation.

— Et de deux ! tonna l'homme obèse qui, sans crier gare, vint s'asseoir face au militaire.

L'inconnu avait une face rougeaude, un cou de bœuf, des lippes charnues et par-dessus tout : une haleine fétide.

— Excusez mon retard, mon colonel, j'ai dû subir l'interrogatoire d'un policier nain qui voulait savoir le nom du chapelain en charge des clefs de Notre-Dame…

Le colosse riait gras et ressemblait si peu d'allure au colonel que Séraphin et Théo commandèrent quelques huîtres pour savoir ce que ces deux hommes avaient à se dire.

4

Un seul titre barrait la une de *France-Soir* : *L'Ange de Reims ne sourit plus*.

Attirée comme chaque matin par l'odeur de l'encre fraîche, Hélène Cantarel se pencha vers le présentoir où s'étalait toute la presse parisienne. Elle s'empara du *Monde*, de *L'Express*, du *Parisien libéré* et de *France-Soir* et présenta l'ensemble à la barbe du kiosquier qui peinait sur sa grille de mots croisés. L'homme, un peu bigleux et à la coiffure hirsute, prit son temps pour lui rendre la monnaie.

Voilà deux jours à présent que son Séraphin ne lui avait pas donné signe de vie. Ce n'était vraiment pas dans ses habitudes. À chaque fois qu'Hélène avait tenté de le joindre à *La Grenouillère*, elle s'était entendu dire par un homme à la voix morne : « M. le conservateur vient de sortir avec son assistant. Puis-je prendre un message, mademoiselle ?.... » Dubitative mais flattée, elle répondait immanquablement : « Non, je rappellerai plus tard... »

Au *Café de l'arbre sec* où elle avait ses habitudes du matin, elle réclama un double express et un verre d'eau avant d'entamer sa revue de presse. Une fois n'était pas coutume, elle négligea les journaux d'opinion au profit de *France-Soir*. Peut-être le silence de son mari trouverait-il un semblant d'explication à la lecture de ces journaux à sensation ?

En première page, le sourire de l'ange répondait à la candeur de deux adolescents dont les portraits de classe s'étalaient en grand format. Les légendes n'étaient guère équivoques : *Séverine Montalembert, victime innocente d'un empoisonneur mystérieux ; Philippe Fortin, proie désignée d'un odieux pervers*.

Il ne faisait plus désormais aucun doute que l'inauguration des vitraux de Marc Chagall n'avait été que le prélude à une série d'événements scabreux. Encore une fois, la cathédrale de Reims était sous les feux d'une actualité habitée par le soufre.

Hélène en oublia son café bien serré, se contentant de boire le verre d'eau comme pour se purifier des faits relatés avec une complaisance presque malsaine par l'envoyé spécial du quotidien. Il y était question d'un supposé délinquant sexuel abusant des garçons et empoisonnant les jeunes filles, auteur d'une mise en scène licencieuse qui ne pouvait être initiée que par un individu habitué des lieux et jouissant, à l'évidence, d'étranges complicités.

Citant peu ses sources mais avec une imagination débridée, le reporter n'hésitait pas à parler de messes noires et de rendez-vous occultes orchestrés, les soirs de pleine lune, sous les toits en plomb de la cathédrale, allant même jusqu'à évoquer les rituels d'une secte secrète, prête à tous les sacrifices humains pour que les consignes liturgiques de Vatican II soient définitivement jetées aux orties.

Des notables de Champagne, ainsi que d'anciens prélats frappés d'excommunication par le Saint-Siège, se réunissaient, croyait savoir l'échotier, en conclave dans les coursives de Notre-Dame quand l'astre lunaire blanchissait l'ange à la flèche d'or…

Pour Germain Saint-Vincent – ainsi signait le journaliste parisien – l'agencement de vitraux, où le Christ et la Vierge n'étaient qu'éclats de verre stylisés, ne pouvait que déplaire à ce groupuscule dont l'idéologie et les intentions étaient pour le moins nébuleuses.

Le chroniqueur explorait tous les fantasmes dans lesquels la nature humaine se complaît quand le rationalisme n'a plus cours et que Dieu et ses anges s'en mêlent.

Devant tant d'excentricités morbides, Hélène Cantarel n'avait aucun mal à imaginer le flegme de son mari conjugué à l'impétuosité de Théo, tous deux englués dans cette toile d'araignée tissée dans l'ombre épaisse de la cathédrale de France. Maintes fois, l'archéologue qu'elle avait été il n'y avait pas si longtemps avait fouillé le baptistère de Clovis et ausculté ses facétieuses gargouilles.

Certes, il appartenait à la police de faire son travail et d'élucider sur-le-champ ces deux troublantes affaires, mais elle connaissait trop ses hommes pour penser, ne serait-ce qu'un instant, qu'ils s'étaient abandonnés dans les caves de la Côte des Blancs au point d'en oublier le chemin de Paris.

Reims n'était qu'à cent trente kilomètres de Paris. C'était donc elle qui prendrait l'initiative de les rejoindre. En moins d'une heure, elle serait à la gare de l'Est et emprunterait le premier train. Hélène prétexterait fallacieusement vouloir parfaire ses connaissances sur la cathédrale maudite. À sa venue, Séraphin rechignerait quelque peu, quant à ce diable de Théo, il se révélerait un excellent élève quand il s'agirait de percer le mystère du sexe des anges.

Paris vivait les derniers jours du printemps sous un soleil sans partage. L'Élysée avait un nouveau locataire en la personne de Valéry Giscard d'Estaing, ce qui n'était pas du goût d'Hélène la Rouge, mais satisfaisait pleinement son libéral de mari. La majorité serait désormais à dix-huit ans et cette nouvelle disposition législative avait su réconcilier politiquement le couple Cantarel.

Les terrasses de Saint-Germain-des-Prés regorgeaient de cette faune faussement dépenaillée qui arbore son poitrail à la moindre caresse du soleil. Au jardin du Luxembourg, les mamans promenaient avec fierté leur progéniture. Ce spectacle était insupportable aux yeux d'Hélène, elle qui ne connaîtrait jamais les affres puis les plaisirs de la maternité. Pourquoi donc rester une seconde de plus à Paris ? Reims l'attendait.

Même les anges de pierre ne manqueraient pas, à son arrivée, de lui sourire.

Bercée par le roulis du train qui l'emmenait en Champagne, Mme Cantarel se souvenait des multiples campagnes de restauration auxquelles elle avait été associée à une époque où elle nc fréquentait pas encore ce fringant jeune homme qui allait devenir le conservateur en chef des Monuments français. Elle s'était tout de suite intéressée aux gargouilles de Notre-Dame, les avait recensées et les avait toutes photographiées avec son Kodak. Elle se souvenait du nombre : 88. Lui revint alors en mémoire ce soir d'août où un violent orage s'était abattu sur Reims.

Pendant qu'elle procédait à des relevés, le ciel s'était soudain obscurci. Avaient suivi un long roulement de tambour, des arcs électriques bleutés et une pluie épaisse et tiède. La foudre courait sur les paratonnerres, cherchant à ronger le plomb, à décapiter les statues, à effeuiller les fleurs de lys ou les trèfles chevauchant les arêtes des toits. La jeune archéologue avait trouvé refuge dans une niche de pierre qui jadis avait dû abriter un saint. Tétanisée par la violence inouïe de l'orage, Hélène crut sa dernière heure venue.

Tout avait commencé comme dans un opéra de Wagner. Déluge d'éclairs, grondements sourds, puis des déflagrations en cascades. Par la suite, la musique du ciel s'était faite plus symphonique. Les quatre-vingt-huit gargouilles s'étaient mises à chanter à tue-tête. Selon les gueules de pierre, le concert changeait de tonalité. Parfois l'eau tombait en gerbe sur le pavé, arrachant à la rue un bruit de crécelle, tandis que d'autres dégorgeoirs émettaient des plaintes pareilles aux chants rauques des baleines au large de la Gaspésie.

Hélène se souvenait de cet instant magique où, l'orage passé, elle n'avait pu s'arracher à ces toits ruisselants de lumière. La pluie glissait sur les plaques de plomb comme sur la plume d'un canard de Barbarie. Les gargouilles se livraient alors à une cantate à laquelle il était impossible de résister. Cette musique-là valait tous les orchestres de chambre du monde. La panique, les frissons, l'angoisse avaient fait place à une infinie sérénité, et elle s'assoupit, la tête penchée sur l'épaule d'un diablotin farceur.

Lorsque l'archéologue se réveilla, la pluie avait cessé et le ciel mauve était déjà clouté d'étoiles. Une brise légère furetait parmi les coursives et Reims n'était plus qu'une brassée de lucioles qui s'étiraient à perte de vue. Quand Hélène se précipita vers la porte qui donnait accès à la tour sud, elle était verrouillée de l'intérieur. Il y avait belle lurette que le chapelain avait fait sa tournée, son trousseau de clefs pendu à la ceinture.

Son sort était scellé. Sa nuit se passerait à la belle étoile, à veiller l'aube par-dessus les toits et les clochetons, avec pour toute compagnie ces animaux de pierre aux faces hideuses et cette poignée de saints figés pour l'éternité mais sans grands pouvoirs.

Jusque dans ses moindres détails, cette nuit revenait à l'esprit d'Hélène comme si elle datait de la veille. L'épouse de Cantarel en oubliait le paysage, le contrôleur SNCF acariâtre, la banquette inconfortable et son voisin de gauche à l'hygiène corporelle douteuse.

Cette nuit-là, l'archéologue débutante fit contre mauvaise fortune bon cœur. Après avoir exploré toutes les corniches longeant les transepts, Hélène avait trouvé refuge sous le sagittaire géant dont la flèche est pointée sur le palais du Tau. Elle s'y sentait en sécurité, le regard tourné vers le sud. Bientôt le sommeil ne tarderait pas à la gagner. Recroquevillée, pelotonnée dans son chandail, elle tenterait de reconnaître Cassiopée ou encore les constellations du Dragon ou de la Lyre, comme le lui avait appris son père, qui se piquait d'astronomie, quand elle était enfant.

Nul doute que la fatigue aurait raison de sa lecture du ciel. Avant de s'endormir, Hélène avait songé à ses collègues qui devaient faire la fête à la *Brasserie du Boulingrin*, autour d'un os à moelle et d'un vin de Bouzy. Pierre, qui avait un petit béguin pour elle, devait se demander pourquoi elle leur avait fait faux bond. Pouvaient-ils imaginer un seul instant qu'elle cherchait en vain le sommeil à quelque soixante mètres au-dessus de leurs têtes ?

Sur le coup de minuit, elle avait fini par succomber aux bras puissants de Morphée, sous le regard bienveillant du sagittaire. Mais soudain, Hélène était sortie de sa torpeur. Non, elle ne rêvait pas : c'étaient bien des ricanements sourds qu'elle avait entendus. Et puis, ce souffle chaud qu'elle avait ressenti dans son cou et sur ses épaules ? Comme tout cela était étrange et inquiétant… Quel cauchemar insensé avait-elle fait ? Rêvait-elle les yeux ouverts ?

L'étudiante en archéologie tenta de reprendre ses esprits, scruta les ombres qui se découpaient dans l'encre de la nuit. Il y avait là, suspendus aux faîtages, quelques personnages démoniaques au nez crochu, des cariatides aux formes généreuses, des gnomes, des saints patibulaires. Rien qui ne soit de nature à la rassurer. Était-ce une hallucination ? Des feux follets s'évanouissaient à l'endroit où la flèche de la cathédrale tentait de décrocher les étoiles.

Hélène se mit à hurler et, en réponse, un rire sardonique sembla s'échapper du chœur de l'édifice. La cartésienne qu'elle était crut entendre les orgues résonner. Juste deux ou trois accords, puis plus rien.

Reims retenait son souffle. De temps à autre, le vrombisssement d'une voiture dans la nuit, le crissement d'un pneu, un aviné braillant à perdre haleine lui rappelaient que la ville était à ses pieds avec ses bruits familiers, minuscules, dérisoires. Un chien dans le lointain, un rideau de fer qui s'étirait, des éboueurs qui entrechoquaient quelques poubelles déjà cabossées. Tout était finalement si calme, si apaisé.

Quelques ombres chinoises se dessinaient parfois derrière les tentures d'appartements cossus. La bourgeoisie rémoise ne trouvait pas non plus le sommeil et hasardait quelques gestes amoureux dans cette nuit d'été où l'on avait pris soin de laisser les fenêtres ouvertes. La fraîcheur après l'orage est toujours une bénédiction.

La rescapée des toits tressaillit quand le battant du carillon sonna deux heures du matin. Les ricanements nocturnes s'estompèrent, mais quelques lueurs bleutées s'approchèrent quand la jeune archéologue voulut se tapir à l'abri d'une alcôve sculptée dans une encoignure.

À peine Hélène s'était-elle lovée au creux de cette pierre humide qu'un froissement d'ailes la fit bondir. Elle avait délogé une dame blanche qui entendait bien lui faire payer cette intrusion. Les heures qui suivirent ressemblèrent à celles d'un gardien de phare qui attend la pointe du jour pour s'affranchir des affres d'une nuit tempétueuse.

Quand le chapelain tourna la clef dans la serrure de la tour sud avec un bruit de ferraille, il crut voir fondre sur lui un fantôme et poussa un cri d'effroi avant de tomber en syncope.

Cette nuit-là, Hélène Cantarel n'était pas près de l'oublier. L'article qu'elle avait lu au *Café de l'arbre sec* résonnait en elle comme un écho inquiétant.

Dieu, que le train lui sembla long entre Paris et Reims ! Jamais l'envie de retrouver son Séraphin n'avait été aussi impérieuse.

5

Harnachée comme dans les péplums hollywoodiens, Jeanne d'Arc la guerrière ignorait superbement ce qui se tramait sous ses yeux de plâtre. La pucelle de Domrémy restait de marbre dans l'ombre épaisse de sa chapelle. C'est là que deux hommes avaient trouvé refuge, assis côte à côte, leur visage à peine éclairé par un gros cierge à la flamme vacillante.

L'inspecteur Gayant et Quasimodo avaient en commun leur petite taille. La comparaison s'arrêtait là. Le premier avait le regard fuyant, les pupilles mobiles et les cheveux, davantage poivre que sel, soigneusement coiffés en brosse, alors que le second posait sur lui un regard apaisé, profond, sous une tonsure de moine cistercien. Certes, son dos n'était qu'une voussure rehaussée par une veste en flanelle bien trop cintrée pour sa carcasse. Et, pour tout dire, sa silhouette était franchement disgracieuse. Cependant, dès qu'il ouvrait la bouche, on eût cru qu'il souriait et que tout le bonheur du monde était contenu sur ses lèvres et dans ses yeux.

Raphaël respirait la joie de vivre et on en oubliait vite sa taille de gnome et son infirmité. Impossible de connaître son âge ou sa véritable identité. L'abbé Sotte, comme toute la communauté ecclésiastique de Reims, ne l'avait jamais appelé autrement que par le sobriquet de Quasimodo. Seul Mgr Ménager le prénommait très respectueusement Raphaël et le savait originaire de Bergame, en Italie. Quant à ses attributions au sein de la cathédrale Notre-Dame, elles ne se limitaient pas, loin s'en faut, au statut d'organiste.

Le bossu n'avait pas son pareil pour faire résonner, à Pâques ou à Noël, le grand orgue du chœur. En dépit de ses membres inférieurs très courts, il donnait du pédalier avec fougue tout en faisant courir ses doigts fins sur le double clavier. Pour les grandes fêtes, les mariages et obsèques, comme pour les offices quotidiens, il suscitait l'admiration et parfois même une pointe de jalousie parmi les musiciens de Champagne.

Le célèbre Xavier Darasse ne lui avait-il pas dit : « Dans votre tête, Ferragano, il y a plus de notes de musique que d'étoiles dans tout l'univers ! »

En dehors du solfège et de Jean-Sébastien Bach, on ne lui connaissait pas d'autres passions. Au fil des années, sa présence continue dans l'enceinte de la cathédrale l'avait conduit à embrasser une autre fonction. Raphaël Ferragano, si agile de ses doigts, si méticuleux, si rigoureux, était aussi en charge des serrures de Notre-Dame. Il en était le fidèle et l'incorruptible portier. Quand il n'était pas au buffet de l'orgue, il furetait avec son inséparable burette, actionnant les mécanismes, veillant à ce que chaque porte, chaque vantail soient verrouillés à double tour.

Présent dès potron-jacquet, c'est lui qui rendait public le premier office, tournant la serrure de la porte centrale du parvis puis des issues latérales, avant de réveiller l'orgue dont le double clavier était habillé d'une feutrine rouge sang. De ce bout de tissu mité, il prenait soin comme s'il s'était agi du saint suaire de Turin. Raphaël était un peu maniaque et sa vie était construite autour de telles habitudes.

À la nuit tombée, son trousseau au bout des doigts, il veillait à ce qu'aucun touriste, aucune grenouille de bénitier ne se fassent enfermer dans l'enceinte sacrée. Pour cette tâche, il percevait un pécule ridicule dont il semblait pourtant se satisfaire. Quasimodo était du style pingre et abstinent. Du reste, il arborait toujours le même costume, la même veste élimée aux manches et le même pantalon de tergal bleu, verni à la hauteur des fesses par la rugosité des bancs d'église. Invariablement, il s'habillait d'une chemise blanche à col cassé, auquel il nouait une lavallière en soie d'un vert éclatant. Chaque bouton de manchette portait une perle des Baléares, ce qui lui conférait un air un peu précieux qui suscitait la risée de certains fidèles.

Aussi Raphaël Ferragano passait-il pour un marginal intègre et respectable. La cathédrale était son unique maison. À moins qu'elle ne fût sa prison ? À l'évidence, il préférait Dieu aux femmes et la musique à l'enfer des jeux de hasard. Au demeurant, on ne lui connaissait aucune liaison, aucune famille. Parfois, il évoquait Bergame, sa ville natale, avec des trémolos dans la voix. C'était, à ses yeux, la plus belle ville d'Italie avec ses remparts rectilignes, son baptistère, sa Piazza Vecchia et son Campanone qui défiait ses habitants à coups de volées de bronze…

Ces évocations teintées de nostalgie suffisaient à le rendre sympathique et débonnaire. L'abbé Sotte disait de lui en se gaussant : « Il est quasi indispensable, notre Quasimodo ! » Dans ses attributions, il ne manquait que la quête et le statut régulier de sonneur de cloches. Il faut dire que depuis que la cathédrale avait été mutilée par l'artillerie allemande, les bourdons ne résonnaient plus de peur d'ébranler la solidité des campaniles.

Parfois, les enfants de chœur se moquaient de lui, exigeant de toucher sa bosse en guise de porte-bonheur. Les saligauds glissaient à l'occasion des œufs pourris sous son pédalier ou bien des boules de chewing-gum dans le trou des serrures. Mais il en fallait bien plus pour entamer la bonne humeur légendaire de Ferragano.

Côte à côte, les deux nains complotaient donc à deux pas de la statue de Jeanne d'Arc. L'inspecteur Gayant pressait l'organiste de questions auxquelles son interlocuteur répondait avec un bon sens désarmant.

Bien sûr qu'aucune porte de la cathédrale ne lui échappait, qu'il prenait soin chaque soir de les fermer à double tour. Jamais au demeurant, en trente ans de service, il n'avait été pris une seule fois en défaut.

— Peut-on se laisser enfermer sur les toits de la cathédrale, monsieur... ? Monsieur comment ? demanda le policier.

— Appelez-moi Quasimodo. Vous savez... j'y suis habitué. Certains m'appellent même le « chapelain », mais c'est trop d'honneur qu'ils me font. Je ne suis qu'un modeste serviteur de Dieu.

— Je vous ai écouté ce matin à la première messe. Aucun orgue ne vous résiste !

— Vous êtes trop aimable, monsieur Gayant, répliqua le bossu qui lissait son genou avec la paume de sa main droite.

— Vous n'avez pas répondu à ma question. Peut-on se laisser enfermer tout là haut ?

L'inspecteur regardait la voûte comme si soudain il avait peur des foudres célestes.

— Tout est possible, soupira l'homme dont le trousseau pendait à la ceinture. Je ne peux pas l'exclure. Cela m'est arrivé une fois. C'était une élève des Beaux-Arts ou une jeune archéologue, je ne me souviens plus très bien… Quand, le matin, sa silhouette m'est apparue à l'ouverture de la porte sud, j'ai cru que c'était le diable en personne qui me sautait au cou. J'ai eu une de ces frousses, je vous le garantis !

— Il doit être facile de faire un double de certaines clefs, non ? se récria Gayant.

L'organiste présenta son trousseau à la lumière du cierge et le soupesa comme un sésame précieux :

— La plupart, regardez, sont de véritables œuvres d'art. De la dentelle en ferraille ! Il faut, croyez-moi, un serrurier expérimenté pour en faire une copie.

— Personne ne vous a subtilisé ce trousseau ces derniers jours ?

— Je ne m'en sépare jamais, inspecteur ! Je dors avec !

Ferragano avait répliqué sur un ton qui ne laissait planer aucune équivoque.

— D'autres que vous sont en possession de ce trousseau, Quasi… ? Enfin, je veux dire…

— L'abbé Sotte doit avoir la clef de la porte nord. Peut-être monseigneur, mais j'en doute.

— Monseigneur ?

— Oui, notre évêque !

Gayant fit une moue réprobatrice comme pour exclure le messager du Saint-Siège de la liste des présumés suspects.

— Vous connaissiez bien l'enfant de chœur dont le corps a été retrouvé sur la jupe de Marie ?

Quasimodo regarda le policier comme s'il avait prononcé une obscénité.

— La jupe de Marie, dites-vous ?….

— Oui, c'est bien ainsi que l'on désigne l'habillage de bronze des cloches ?

Raphaël hocha la tête.

— Et Marie est bien le nom de la cloche que les Allemands ont délogée du clocher à coups d'obus ?

Le portier de la cathédrale opina à nouveau du chef. Il semblait troublé, comme s'il prenait enfin la pleine mesure de la gravité des faits. Ses yeux se noyaient à présent dans la lueur du cierge. À l'ombre de ses sourcils broussailleux, son regard était de plus en plus vague.

— Vous connaissiez ce jeune Fortin ? insista l'inspecteur qui lissait sa chevelure argentée.

— Bien sûr.

Le visage du bossu était en tout point semblable à celui de la statue de Jeanne d'Arc au sacre de Charles VII. Silhouette rectiligne, guindée dans sa robe guerrière frappée aux fleurs de lys, paupières mi-closes, lèvres couturées, les mains jointes sur le pommeau de son épée, consciente, peut-être, du destin hasardeux qui l'attendait.

— Quel type de garçon était-il ?

L'organiste croisa ses doigts comme s'il voulait initier une prière et se contenta de soupirer :

— Mon Dieu…

Puis il baissa la tête, psalmodia quelques paroles que Gayant ne put percevoir. Ferragano s'agenouilla devant la statue de la pucelle d'Orléans. Son infirmité n'en était que plus flagrante. Sa bosse faisait craquer la couture de sa veste. Il semblait implorer le pardon pour celui qui avait commis l'inimaginable.

Sans être mécréant ni franchement athée, l'inspecteur de police était assez étranger aux rituels chrétiens. Il n'était pas dans ses habitudes de se prosterner, mais peut-être l'avait-il fait dans sa prime carrière devant un procureur de la République pressé d'en découdre avec la vérité. « Décidément, ce nabot n'est pas rancunier à l'égard de ce Dieu qui l'a fait si disgracieux », songea *in petto* Gayant qui, discrètement, abandonna Quasimodo à sa sourde prière.

Dans la pénombre, Jeanne d'Arc restait stoïque. Il est vrai qu'avant de connaître les flammes infligées par l'évêque de Rouen, elle avait connu le bûcher des vanités, autrement plus ardent.

En gare de Reims, Hélène héla un taxi. Un homme replet, sorti d'une CX noire lustrée comme un sou neuf, se proposa de glisser la lourde valise de sa cliente dans le coffre. Le chauffeur prit soin d'ôter sa casquette de faux marin en même temps qu'il ouvrait poliment la porte arrière de son véhicule.

Cette marque de courtoisie n'était pas pour déplaire à Mme Cantarel qui, pour une fois, avait troqué son « abominable jean » pour une élégante saharienne de couleur sable, avec pantalon large et bob en coton huilé. Hélène n'aspirait qu'à une chose : gagner la pension de famille où son mari et Théo avaient élu domicile, se lover dans les bras de son Séraphin et se faire couler un bain chaud. Ensuite viendrait l'heure d'aller caresser le drapé de pierre de la Vierge Marie et d'Élisabeth, sa cousine et mère de Jean-Baptiste.

Depuis le XIIIe siècle, figés entre douceur et douleur, leurs visages ornaient le portail central de Notre-Dame ; l'archéologue qu'elle était ne pouvait s'empêcher de penser que ces représentations bibliques auraient pu habiter le Parthénon d'Athènes tant elles avaient un caractère antiquisant. Les sculpteurs de l'époque n'ignoraient rien de Phidias et autres génies de son espèce, façonnant la pierre à l'œil et au burin. Et que dire des plis de la chasuble de l'Ange de la Visitation occupé à sourire à saint Denis ?

Déjà, Hélène tenta d'imaginer la tête que ferait son mari quand elle débarquerait dans cette *Grenouillère* où coassaient peut-être quelques grenouilles de bénitier scandalisées par tant de cadavres en aussi peu de temps.

— Où dois-je vous conduire, jolie madame ? demanda le chauffeur de taxi en baissant le volume de son autoradio, dans lequel résonnait la voix d'Eugène Saccomano en même temps que le carillon d'Europe 1.

— Au 10 de la rue Saint-Symphorien.

— À *La Grenouillère* ?

— C'est cela, répondit sobrement Hélène.

— Vous serez très bien. C'est calme. Et puis, le propriétaire ne risque pas de vous faire de propositions malhonnêtes !

— Qu'est-ce que vous voulez dire ? demanda innocemment la femme du conservateur.

— Enfin, je veux dire qu'il est de la jaquette. Oh, moi, je n'ai rien contre ! Chacun fait ce qu'il veut de son cul entre gens consentants. Mais, lui, il paraît qu'il les aime bien jeunes, dans le genre pubère, si vous voyez ce que je veux dire…

En même temps qu'il avançait ses allégations, le chauffeur regardait par intermittence dans son rétroviseur, épiant du coin de l'œil la réaction de sa cliente.

Hélène Cantarel fit mine de ne pas accorder d'importance à ce qui n'était qu'un propos malveillant, un de ces ragots dont se repaissent les sous-préfectures et les villes de province. Défilaient à présent les façades cossues des immeubles rémois dont certaines lui paraissaient familières. L'artisan taxi emprunta le boulevard Louis-Roederer, la rue de Talleyrand et la rue du Clou-dans-le-Fer avant d'approcher l'imposante cathédrale et le palais du Tau.

Pendant qu'Eugène Saccomano s'évertuait à dire tout le bien qu'il pensait des Verts, l'équipe de football de Saint-Étienne, la voix de Jacques Paoli vint s'interposer :

— *Peut-être du nouveau dans l'affaire des mystérieux cadavres de la cathédrale de Reims. La police judiciaire vient en effet d'interpeller un jeune homme d'une vingtaine d'années qui aurait tenté de séduire, la semaine dernière, la jeune fille dont on a retrouvé le corps empoisonné dans un confessionnal de la cathédrale où furent sacrés les rois de France. L'individu, un jeune étudiant en herboristerie, nie catégoriquement les faits, mais on a retrouvé à son domicile des sachets de champignons séchés, soigneusement conservés, qui avaient tous pour caractéristiques d'être d'une extrême toxicité. Les enquêteurs ont pu identifier des lamelles d'amanite phalloïde, de russule olivacée, de bolet satan et d'agaric radicant. Rappelons que l'autopsie pratiquée sur le corps de la jeune fille, dont l'identité n'a été révélée qu'hier soir, avait conclu à une mort par empoisonnement au cyanure. Notre envoyé spécial à Reims, Jean-Pierre Joulain, devrait nous en dire plus d'ici à la fin de ce journal…*

— Drôle d'affaire, tout de même ! rognonna l'homme à la casquette.

Le chauffeur n'avait de cesse de rajuster sa visière et de baisser le son de la radio quand une célèbre marque de montres japonaises se croyait autorisée à donner l'heure, ce qu'elle faisait à tout bout de champ.

— Il y a des détraqués partout… Empoisonner une gamine… faut être vicieux, tout de même ! Il paraît qu'il n'a même pas abusé d'elle. Juste pour le plaisir de la tuer. Un vrai taré, ce gus !

Hélène sortit de sa réserve.

— Ce n'est quand même pas le même type qui a trucidé l'enfant de chœur que l'on a retrouvé au pied d'une des cloches ?

— Allez savoir ce qui se passe dans la tête des gens… Ce timbré… Peut-être que, faute d'avoir chopé la fille, il a voulu se satisfaire avec un trou de balle. C'est peut-être un psycho-frêne… C'est bien comme ça qu'on appelle les gonzes qui ont une double personnalité ?

L'épouse du conservateur ne put réprimer un sourire et rectifia :

— Vous voulez dire un schizophrène !

— Appelez-les comme vous voulez, mais moi je serais pour qu'on leur coupe les roubignoles !

Hélène ne répliqua pas. Il lui tardait à présent d'arriver à *La Grenouillère*. Il y avait peu de chances que Séraphin et son fidèle assistant soient là, mais elle s'en expliquerait auprès du propriétaire de la pension. Celui-là même qui, au dire de son indicateur, était un inverti. Elle saurait le convaincre de lui donner les clefs de la chambre de son époux. Sa carte d'identité ferait foi. Peut-être même que son charme suffirait. Après tout, quel crédit accorder à ce chauffeur de taxi bien trop disert pour être très honnête ?

— Vous n'êtes pas d'accord avec moi, madame ? insista l'homme à la casquette de marin alors qu'un fourgon de police lui barrait tout à coup la route.

Le taxi pila net. Hélène dut mettre ses mains en avant pour ne pas se cogner contre la banquette.

Le chauffeur pesta :

— Ils se croient tout permis parce qu'ils ont un gyrophare sur le toit ! Un peu plus, ils me pliaient ma CX toute neuve, ces cons ! Vous n'avez rien, au moins ?

Mme Cantarel le rassura d'un sourire, glissant ses mains dans sa chevelure pour se recoiffer.

L'estafette de police précédait à présent la Citroën de l'artisan taxi. Deux motards gantés encadraient le fourgon dont les vitres étaient grillagées. Hélène dévisagea le détenu au regard franc et placide. Tant d'égards ne l'impressionnaient pas. Qu'avait-il donc commis de si grave pour bénéficier d'autant de protection ? L'inconnu avait les traits d'un ange. Des cheveux bouclés, un visage poupin, des lèvres fines qui exprimaient un étrange ravissement, comme s'il s'était agi d'un jeune sapeur-pompier fier de ses instincts pyromanes.

Le fourgon de police emprunta la file de droite et le taxi en profita pour flirter avec le véhicule de police. Le visage clair du prisonnier apparut à Hélène avec plus de netteté. Ses yeux trahissaient sa fragilité. Ils fixaient à présent cette femme qui aurait pu être sa mère et qui baissa sa vitre pour allumer une cigarette, comme pour jouir de ce soleil de juin qui rendait l'air de Champagne tellement plus lourd que celui de Paris.

Alors que le chauffeur de taxi s'engouffrait dans la rue Saint-Symphorien et que le fourgon cellulaire avait bifurqué à gauche, Hélène Cantarel se plut à imaginer que le jeune homme qu'elle avait aperçu dans l'estafette n'était autre que l'étudiant herboriste, l'amant éconduit, dont les gazettes feraient sous peu un monstre de perversité.

Le chauffeur de taxi avait rehaussé le volume de son autoradio. Jacques Paoli, la voix emblématique d'Europe 1, faisait des gorges chaudes de la grève illimitée qui affectait l'ORTF. C'était la mire sur les écrans de télévision et les chaînes de radio du service d'État distillaient à longueur de journée les nocturnes de Chopin. Le journaliste dépêché à Reims tardait à donner les derniers développements de son enquête.

Il était temps qu'Hélène s'abandonne à son Séraphin. Plonger dans les délices d'un bain moussant lui ferait oublier ce chauffeur de taxi haineux et, surtout, cet homme un peu trop jeune et bien trop beau pour être placé derrière des barreaux.

6

L'arrivée inopinée d'Hélène n'étonna même pas Séraphin Cantarel. Il savait sa femme capable de ces coups de tête et la préférait à ses côtés plutôt que de savoir qu'elle se morfondait dans leur appartement sombre de la rue des Beaux-Arts.

À vrai dire, le conservateur des Monuments français accueillit son épouse comme la providence incarnée. Avec chaleur mais sans surprise, comme si cette intrusion s'inscrivait dans l'ordre naturel des choses. Théo, en revanche, manifesta une forme d'excitation qui faisait très plaisir à voir.

— Notez, patron, que l'intuition féminine nous a toujours été salutaire ! Souvenez-vous, à Royan, sans Hélène, nous serions encore à fouiller les entrailles de ce maudit phare de Cordouan[1] !

— Merci de votre lucidité, Théo ! Car Séraphin a toujours été avare de compliments, souligna Hélène qui se rangeait souvent dans le camp du fringant Trélissac.

1. Voir *Avis de tempête sur Cordouan,* 10/18, n° 4460.

— La femme n'est-elle pas, mon cher Théo, l'avenir de l'homme ? comme dit Aragon, lui qui préfère en secret les petits garçons.

— Non, tu ne vas pas t'y mettre, toi aussi, Séraphin ! Tout à l'heure, le chauffeur de taxi m'a assuré que le patron de ta *Grenouillère* en était aussi. Cette affaire d'enfant de chœur abusé est en train de vous monter au cerveau !

En quelques mots et avec discernement, Séraphin tenta de résumer les étrangetés qui hantaient Notre-Dame. Peine perdue. Hélène connaissait tout des deux meurtres commis en quelques heures. Mais ses connaissances ne s'arrêtaient pas aux détails qui avaient émaillé ces deux homicides d'un genre très différent, elle n'ignorait rien, non plus, des lieux où les corps avaient été retrouvés. L'un intact, l'autre souillé. Comment son tendre et cher époux avait-il pu ignorer à quel point elle connaissait cette cathédrale ? Il est vrai qu'Hélène n'avait pas pour habitude d'étaler son savoir. Comme tous les archéologues, elle se disait femme de l'ombre, abeille besogneuse et appliquée, tout juste capable de gratter le sol pour exhumer avec précaution quelques sarcophages mérovingiens, tessons d'amphore ou pièces de monnaie frappées à Rome ou Athènes. Dans bien des domaines, notamment sur la période faussement obscure du Moyen Âge, elle était bien plus érudite que son zélé de mari. Hélène s'en amusait. Séraphin s'en étonnait toujours, alors que Théo, à la curiosité insatiable, sirotait cette culture extraordinaire comme un enfant une menthe à l'eau.

Le soir même, le trio se retrouva à la brasserie du *Café du Palais*. Sur les banquettes, on ne se bousculait pas. Une chape de plomb s'était abattue sur la ville et les commerces déserts avaient tiré plus tôt leurs rideaux de fer. Des bruits saugrenus circulaient sur le marché, dans les estaminets, jusque sous les ors de l'hôtel de ville. En termes voilés, et sous le sceau du plus grand des secrets, il se murmurait que des notables de la ville seraient compromis dans une rocambolesque affaire de mœurs. Ballets bleus pour les uns, ballets roses pour les autres.

D'aucuns, à l'imagination débridée, allaient jusqu'à prétendre que des mineurs étaient séquestrés dans d'anciennes crayères pour y subir des actes d'une cruauté qu'il n'était pas décent d'expliciter, tant ils relevaient de l'inconcevable. La police aurait des noms. Des élus, un ancien ministre, et même le patron d'une célèbre marque de champagne seraient impliqués dans ces bacchanales orgiaques dans des lieux improbables. Comment les Rémois auraient-ils pu soupçonner que les toits de leur vénérable cathédrale étaient nuitamment le théâtre d'actes contre nature ?

Le couple Cantarel prit d'autorité la banquette et s'empara aussitôt de la carte. Théo, pour sa part, se retrouva face à un large miroir légèrement piqué qui lui renvoyait l'ambiance pesante de cette brasserie traditionnellement si animée. Les serveurs avaient des mines de tristes sires et la caissière, qui ne cessait de rajuster ses besicles, semblait préoccupée par le manque à gagner.

Sans consulter son assistant, Séraphin commanda une bouteille de champagne de la Montagne de Reims, « bien frappée », ajouta-t-il. Il convenait de fêter à sa juste mesure l'arrivée providentielle d'Hélène. Cette invitation à trinquer ne dérida pas le garçon qui, planté avec son bloc entre les doigts, attendait fébrilement le reste de la commande.

Après moult hésitations, Mme Cantarel opta pour un brochet du lac du Der alors que son mari, après avoir planté ses lunettes sur son arête nasale, ne fut pas long à se décider pour des pieds de porc panés de Sainte-Ménehould. Le fin gastronome qu'il était avait réveillé son appétit en même temps qu'il avait glissé sa serviette dans l'encolure de sa chemise. Complice jusque dans les plaisirs de palais, Trélissac s'abandonna à une andouillette de Troyes dont il ferait, à coup sûr, trois bouchées.

Chacun à sa manière tenta de faire la synthèse des rares informations qu'il avait pu glaner dans la journée. La moisson était pauvre, les conclusions hâtives et les suppositions aléatoires. Seules les bulles de champagne pétillaient dans les flûtes comme autant de points d'interrogation sous l'œil amusé d'Hélène.

— Pourquoi t'obstines-tu, Séraphin, à rester à Reims. Il n'y a pas péril en la cathédrale, que je sache ?

— Je me dois de préserver, coûte que coûte, les vitraux de Chagall. J'ai demandé à ce que des grillages de protection soient installés séance tenante, mais l'adjoint au maire en charge des affaires culturelles invoque une absence de crédits supplémentaires.

— En clair, il veut que vous alliez pleurer misère auprès de Michel Guy ! objecta Théo qui, une mie de pain plantée sur le bout de sa fourchette, récurait son assiette.

— Vous avez tout compris, mon garçon ! Je dois régler ce problème demain à la première heure. Sachez tout de même que l'abbé Sotte a reçu une lettre anonyme d'un groupuscule qui se fait appeler, tenez-vous bien, « Opus Lux » ! Ses membres présumés exigent que les vitraux soient décrochés au profit d'un œuvre « digne de ce nom ». Le message se termine par la formule suivante : « On ne transige pas avec la lumière de Dieu. »

— Encore une bande d'illuminés ! railla Hélène en portant sa coupe de champagne aux lèvres. C'est l'œuvre d'un plaisantin, conclut-elle sur un ton qui se voulait catégorique.

— Je n'en suis pas si sûr, ma douce, répliqua son époux, qui était plus sensible à la thèse d'un complot ourdi par quelques intégristes en rupture de ban.

À l'heure du fromage, Séraphin et Théo optèrent en chœur pour un chaource remarquablement affiné qu'ils agrémentèrent d'un bouzy rouge du meilleur cru. Leur appétit était inversement proportionnel aux indices qu'ils avaient à se mettre sous la dent. Quant à Mme Cantarel, elle prenait ces deux affaires avec une extrême légèreté. Avec son art consommé du suspense, elle raconta à son mari médusé l'étrange nuit qu'elle avait passée sur les toits de Notre-Dame l'année de ses vingt ans.

Devant les mines ébaubies de ses deux interlocuteurs, elle prenait un malin plaisir à conter avec force détails quelques faits singuliers. Oui, les gargouilles hurlaient bien à la mort. Oui, des feux follets s'allumaient aux pieds des saints de pierre ou sur les épaules des diablotins cramponnés aux flèches ou aux pignons de la cathédrale. Oui, sur le coup de minuit, tous les rapaces de la terre se livraient dans d'effroyables froissements d'ailes à des sabbats que n'aurait pas reniés Alfred Hitchcock.

— Cela fout les jetons, votre histoire ! admit Théo, visiblement perturbé.

— Hélène n'a jamais manqué d'imagination, modéra Séraphin en esquissant un léger sourire, en même temps qu'il étalait son chaource sur une tranche de pain bis comme le font les gens de la campagne.

— Je ne te demande pas de me croire, mon chéri, mais je t'invite à faire valoir les privilèges que te concède ta fonction pour passer une nuit là-haut, seul. Ensuite, nous en reparlerons, monsieur le cartésien !

— En tout cas, je ne suis pas sûr de vous accompagner ! rajouta Trélissac.

— Eh bien, moi, je veux bien renouveler l'expérience avec l'un de vous deux !

Séraphin sonda son assistant. Il ne tenait pas à passer pour un pleutre. Pour autant, ce défi lancé habilement par sa femme ne le tentait pas outre mesure. La belle étoile, le grand duc, le bal des chauves-souris n'étaient guère « de son âge ». Hélène se moqua de sa couardise par un immense éclat de rire.

— Mon pauvre Séraphin ! Tu es d'un conformisme confondant ! Tu n'aurais jamais supporté quand la nuit, au fin fond de la Libye ou de l'Égypte, dans des campements de fortune, nous devions faire face à des meutes de chacals, de fennecs ou de hyènes. Et je ne te dis rien des vipères à cornes et autres araignées géantes ! Mais, mon grand conservateur des antiquités, tu serais mort de trouille !

Plongeant sa main dans ses cheveux bouclés, Trélissac assistait à cet échange avec la malice prudente de l'arbitre qui compte les points sans avoir à choisir son camp. Il ne put néanmoins dissimuler sa surprise quand Hélène l'impliqua avec facétie :

— Laisse donc à Théo le soin de passer une nuit avec moi sur les toits de Notre-Dame. Si nous ne réapparaissons pas, c'est que nous serons prisonniers d'esprits malveillants ou terriblement pervers qui nous auront trucidés ! À moins qu'ils n'aient abusé de nos corps fermes et vaillants ! Qui sait ? Peut-être leur agressivité sera-t-elle de nature à nous procurer quelques menus plaisirs ? N'est-ce pas, Théo ?

Sans rien laisser paraître, Trélissac n'appréciait que moyennement cette investigation nocturne. La compagnie d'Hélène n'était certes pas pour lui déplaire, mais il redoutait en ces lieux hostiles et vertigineux la présence de « visiteurs du soir » aux velléités maléfiques. Cet enfant du Limousin avait gardé au fond de lui une superstition paysanne.

Quand le serveur, pressé d'en finir avec les rares clients de la brasserie, se manifesta auprès du couple Cantarel pour prendre la commande des desserts, Séraphin et Théo déclinèrent d'emblée toutes propositions sucrées au profit de deux cafés « bien serrés ». Il n'y eut guère qu'Hélène pour exiger quelques croquignoles qu'elle trempa avec délectation dans son champagne à la robe de paille.

La nuit à *La Grenouillère* ne fut guère synonyme de repos. Théo chercha en vain le sommeil : ses pensées culminaient au-dessus des tours de Notre-Dame. Partagé entre vertige et hallucinations, il s'imaginait en proie à des créatures ailées prêtes à le propulser dans le vide. La supposée protection de la téméraire Hélène ne changeait rien à ses obsessions.

Par les persiennes, des lames d'argent éclaboussaient les parquets encaustiqués. Ce devait être une nuit de pleine lune. De celles qui blanchissent les draps et noircissent les oreillers.

Séraphin n'était guère plus serein. Il avait renoncé à son Simenon, replié précautionneusement ses lunettes en écaille, avant d'éteindre la lampe de chevet. Il enviait l'endormissement immédiat de sa femme. Les paupières closes, la gorge déployée, le bras gauche replié sur le torse de son mari, Hélène dormait déjà du sommeil du juste, comme sourde aux turpitudes qui battaient le pavé rémois.

En raison de la torpeur nocturne, le couple Cantarel avait attaché les volets à l'espagnolette et laissé la fenêtrc entrebâillée. L'astre lunaire n'en était que plus intrusif, sculptant des ombres chinoises rampantes sur le parquet aux lattes disjointes.

Dans sa quête du sommeil, Séraphin revoyait le visage de porcelaine de cette adolescente qui s'était prétendument refusée à un fils d'apothicaire un peu trop entreprenant. Le conservateur n'accordait que peu de crédit à cette thèse colportée par des échotiers sans scrupules, prêts à tout pour noircir leurs gazettes. D'autant que l'accusation ne reposait que sur un seul et unique témoignage.

C'est l'inspecteur Gayant en personne qui le lui avait confirmé. Après s'être reniflés comme deux clébards en rut pendant quarante-huit heures, les deux hommes avaient fini par échanger quelques paroles sous la lumière bleutée de la chapelle axiale. Comment le garant de l'ordre public pouvait-il ignorer plus longtemps le représentant du secrétariat d'État à la culture ? Le premier était en quête de vérité immédiate alors que le second lisait dans le passé. Du reste, Cantarel prétendait que cette cathédrale n'était en réalité qu'un « grand livre de pierre où la vie du Messie s'affiche par tous les côtés sans qu'il soit nécessaire de connaître l'alphabet pour la comprendre ».

— Cantarel ? Voilà bien un nom qui fleure le Sud-Ouest ou à tout le moins le Midi ! Prononcer votre nom, c'est déjà entendre le concert des cigales !

— C'est flatteur, inspecteur.

— Comment dois-je vous appeler, monsieur Cantarel ? Monsieur le conservateur ?

— Séraphin. Je suis un ange ! Enfin presque…

— Je vous préviens, Séraphin, au risque de vous choquer, je ne suis pas du genre mystique. Tout ce décorum ne m'impressionne pas et je ne suis pas convaincu de la présence, là-haut, du Grand Architecte !

À chaque fois qu'il levait la tête, Gayant ne faisait que renforcer sa petitesse. Séraphin l'invita à s'asseoir sur une chaise basse. Pour un peu, il aurait bien offert à son interlocuteur un cigare ou un martini dry mais le lieu ne s'y prêtait guère. Assis, l'inspecteur avait l'impression de parler d'égal à égal. Finalement, chacun dans leur genre, ils appartenaient à la fonction publique et pouvaient très bien collaborer pour que la vérité triomphe enfin dans ce lieu où le sang des hommes coulait mieux que celui du Christ. Quant à la rémission des péchés, cela ne relevait pas de leur ministère respectif.

— Pourquoi cette affaire vous intéresse-t-elle tant ? demanda le policier.

— De quelle affaire parlez-vous ? fit mine de s'étonner Cantarel.

— De cette malheureuse gamine… Les circonstances de sa mort restent encore très suspectes, concéda Gayant.

— Je ne suis ici, inspecteur, que pour assurer la sécurité de cette fresque en verre qui nous fait entrevoir le paradis en bleu.

Gayant fit une petite moue pour attester qu'il n'était pas dupe des réelles motivations du conservateur.

— Votre mission va vite s'achever : M. Taittinger m'a assuré que les vitraux seraient protégés de tout acte terroriste dans moins d'une semaine.

— C'est un peu présomptueux à mes yeux.

— Qu'est-ce qui vous faire dire cela ?

— C'est mal connaître les arcanes de notre ministère. Demander une rallonge budgétaire pour une ville qui se noie dans le champagne, vu de Paris, cela risque de prendre du temps. Beaucoup de temps… soupira Séraphin en rajustant son nœud papillon.

L'enquêteur se racla la gorge et son regard rencontra, une nouvelle fois, les vitraux de Chagall. C'est à peine si Gayant put concentrer sa vision de myrmidon sur les premiers motifs du vitrail moderne, où Abraham, d'une main magnanime, bénit Isaac tout drapé de rouge.

— Je ne vous apprends rien, inspecteur, en vous disant que l'abbé Sotte a reçu de nouvelles menaces de la part d'individus qu'on aurait tort de ne pas prendre au sérieux sous prétexte qu'ils se font appeler « Opus Lux » !

— Je sais, je sais, maugréa Gayant qui ignorait tout des querelles intestines de l'Église et des dissensions nées du concile de Vatican II.

Certainement, il n'avait jamais de sa vie assisté à une messe en latin. À ses yeux, le mot *lux* devait se confondre avec une célèbre marque de savon vantée à la télévision par la sublime Marina Vlady, publicité dans laquelle sa gracieuse silhouette émergeait à peine d'une baignoire toute débordante de mousse.

— Vous n'entendez pas privilégier cette piste ? demanda Séraphin.

— L'écriture est celle d'un mioche, digne d'un enfant du cours primaire ! Cet idiot n'a même pas pris la peine de prendre des gants. On a ses empreintes digitales. Et puis, l'imprudent n'a pas eu recours à la poste : il a déposé sa missive dans la boîte aux lettres du presbytère. Tout ça, c'est pour faire diversion ! Non, vous pouvez dormir sur vos deux oreilles, Séraphin, ce n'est pas demain que ces vitraux seront caillassés !

— Que Dieu vous entende ! répliqua Cantarel tout en admirant le caractère rectiligne et juvénile du Christ suspendu au-dessus de sa tête.

Gayant se garda de l'imiter et sortit de la poche de son imperméable une boîte de cachous Lajaunie qu'il agita frénétiquement pour étaler au creux de sa paume quelques éclats de réglisse.

— Vous en voulez ?

Le conservateur accepta de bonne grâce. Ce geste anodin scellait-il une complicité naissante ? À l'évidence, il faudrait bien l'intelligence et l'intuition de plusieurs esprits éclairés pour venir à bout de ces meurtres commis sous le regard d'un Dieu étrangement silencieux.

— Cette Séverine Montalembert n'était pas la vierge effarouchée que veulent nous faire croire les journaux, n'est-ce pas ? s'enquit le conservateur auprès du policier, qui s'amusait avec sa boîte métallique jaune pour calmer ses nerfs.

— Comment savez-vous ça, Séraphin ? Je croyais que vous étiez bon à faire parler les statues de bois ou de plâtre ou la flopée de saints de pierre qui nous entourent, mais pas les jeunes dévergondées de la ville, même si elles ont un serre-tête et de jolies socquettes…

— Derrière chaque tableau, chaque œuvre d'art, Louis-Guy, c'est bien votre prénom, n'est-ce pas ?…

Le suceur de cachous acquiesça d'un mouvement de la tête.

— … il y a toujours une histoire d'amour ! Pensez au Caravage, à Michel-Ange, Modigliani, Rodin, qui sais-je encore ? Croyez-moi, Gayant, comprendre le monde, l'histoire, l'art en général, se résume souvent à connaître les petits penchants de chacun.

— Tout cela me paraît réducteur, conclut Gayant en se tortillant sur sa chaise basse à l'assise branlante.

Les deux hommes se levèrent et hasardèrent quelques pas devant l'autre chapelle, celle dont le soleil transcendait les vitraux à la gloire des travaux de la vigne. On y voyait Noé, saint Vincent et dom Pérignon honorant, au gré des saisons, le fruit des vignobles de Champagne.

— Toujours est-il que cette pensionnaire de Saint-Joseph faisait, il est vrai, régulièrement le mur au nez et à la barbe des clarisses qui devaient veiller sur elle, confessa à mi-voix Gayant qui avait noué ses mains dans son dos.

— Son amant était-il le fils de l'apothicaire de la rue des Capucins ?

— C'est ce que prétend Gomort ! répliqua le policier.

— Gomort ?

— Vous ignorez qui est Gomort, Séraphin ? Et vous prétendez connaître cette cathédrale comme votre poche ? Je refuse de vous croire.

Louis-Guy Gayant avait retrouvé sa fierté de coq. Pour une fois qu'il pouvait montrer sa supériorité. Il saisit alors le bras gauche de Cantarel et désigna du regard la boutique en bois à l'entrée de la cathédrale. Dans la pénombre et sur des étagères improvisées s'étalaient, pêle-mêle, des brochures, des statuettes de Jeanne d'Arc, des médailles, des copies grossières de l'ange au sourire, des cartes postales fanées et autre pacotille comme on en trouve à Lourdes ou à Lisieux.

Derrière cette bimbeloterie se cachait un homme qu'on aurait cru issu d'une caricature de Daumier. Il avait le visage adipeux, l'œil vitreux, des bajoues luisantes, des lèvres bien trop épaisses, un menton double, le tout vissé sur une stature de pachyderme et prisonnier d'un ignoble tricot de laine aux motifs jacquard.

Aussitôt Séraphin reconnut l'homme qui complotait avec le colonel au *Café du Palais*. Il avait encore dans le creux de l'oreille son rire gras empreint de paillardise.

— Il prétend les avoir surpris un soir dans les jardins du palais du Tau. Elle se débattait de toutes ses forces. Il est formel quant à l'agresseur, moins affirmatif en ce qui concerne la gamine, même si sa description vestimentaire est en tout point conforme aux habits de la victime.

— Mais pourquoi l'empoisonner, alors ?

— Par dépit.

— Le suspect est passé aux aveux ?

— Si on veut.

— Expliquez-vous, Gayant.

— Ce garçon est un malade. Il ne s'intéresse qu'aux champignons vénéneux.

— Cela ne fait pas pour autant de lui un empoisonneur !

— Au début, il a tout nié en bloc. Puis, aux termes de six heures d'interrogatoire non stop, il a avoué avoir des sels de cyanure.

— Vous en avez trouvé quelques traces à son domicile ?

— Non, répondit mollement Gayant.

— C'est gênant, observa d'un air narquois Séraphin. J'ai toujours cru qu'une enquête n'était jamais close tant que l'on n'avait pas retrouvé l'arme de crime.

Gayant se taisait. Lui-même, à l'évidence, n'était pas convaincu.

Cette fois, c'est Cantarel qui lui tendit une plaquette de chewing-gum.

L'inspecteur refusa net :

— Non merci, sans façon.

— À quelle heure Gomort a-t-il été témoin de cette dispute, car nous sommes bien d'accord, il n'y a pas eu viol ? s'obstina le conservateur.

— Un peu avant minuit.

— Que faisait M. Gomort dans les jardins du palais du Tau à cette heure ?

— Il promenait son chien. Il est du style insomniaque…

« Insomniaque… » La conversation qu'avait eue Séraphin avec l'inspecteur Gayant résonnait, mot pour mot, dans sa tête. Cette affaire était en train de le rendre lui aussi insomniaque. Au fur et à mesure que la clarté lunaire déplaçait les ombres dans la chambre au parquet disjoint, Cantarel comptait les heures. Aucun sommeil, aucun répit n'était à sa portée.

Dans le silence épais de la nuit, il entendit un chien hurler longuement à la mort. Il songea aussitôt à l'animal de compagnie de Gomort tenu en laisse dans les jardins du palais du Tau par un propriétaire en quête de mauvaises aventures.

Et si le destin, toujours très pernicieux, avait eu raison de ce maître libidineux, laissant dans la nuit un dogue orphelin ?

7

Hélène à ses côtés, Théo ne regardait plus la cathédrale de Reims avec les mêmes yeux. L'index pointé sur l'une des deux mille figures qui veillaient jalousement sur l'édifice, l'épouse du conservateur s'attardait sur chacune d'elles, improvisait une anecdote cocasse, détaillait un trait de génie ou de malice chez celui qui, huit siècles plus tôt, avait sculpté tel saint, tel diablotin ou tel séraphin. Car force était de constater que Notre-Dame était protégée par une véritable milice céleste : des anges de toutes tailles aux ailes déployées et aux bras ouverts comme une invitation au paradis.

Nichés dans les grands pinacles des contreforts, les anges thuriféraires tenaient dans leurs mains ici le soleil, là la lune, d'autres sanctifiaient les instruments de la Passion ou ceux de la liturgie. Avec un tel escadron d'anges, le diable était ainsi repoussé à cent lieues de la cathédrale.

Foisonnante d'imagination, Hélène se plaisait à interpréter les expressions de chaque masque de pierre. Qu'ils soient logés dans les chambranles, dans les cordons des voussures, sur les faîtages ou sur l'abside, l'archéologue lisait sur leurs visages le « souffle de Dieu ».

— Regardez, Théo, aucun ne ressemble à son voisin ! Celui-ci est en extase, celui-là a un air mutin pour ne pas dire très coquin, vous ne trouvez pas ? Et cet autre, là-haut, sous le gable du portail central, à gauche de la Vierge couronnée, on croirait qu'il est littéralement shooté !

En réalité, Trélissac avait placé d'autorité la majorité des anges sur un même plan d'égalité. Oubliant un peu vite qu'il existait chez ces êtres ailés, comme chez les hommes, une hiérarchie. On aurait tort de mettre dans le même panier ou sur un même nuage angelots, chérubins à quatre ailes et séraphins flanqués de six.

— Savez-vous, mon petit Théo, que les anges sont immortels, immatériels et totalement incorruptibles ?

Hélène avait insisté sur ce dernier point, comme s'il n'y avait rien à attendre de ces statues béates qui n'avaient d'yeux que pour Marie, Clovis, saint Nicaise ou saint Denis. Pas un n'avait la moindre compassion pour le passant, l'homme de peu de foi qui hasardait quelques pas près de ce sanctuaire construit pour l'éternité.

— Pourquoi les anges ont-ils des ailes de cygne ? demanda Théo, la bouche en cœur.

— Parce que les ailes blanches des cygnes sont synonymes de pureté, de candeur, d'innocence. Autant de notions qui vous sont totalement étrangères, cher Théo !

— Faites-en le reproche à ma mère : pourquoi ne m'a-t-elle pas prénommé Raphaël ? Tout le monde n'a pas le privilège de glisser dans son lit un Séraphin.

— Vous ne manquez pas d'esprit, mon garçon !

— Et vous de…

— Taisez-vous, Théo, vous allez dire une bêtise !

— Certainement…

Trélissac se rapprocha de son guide et lui susurra à l'oreille :

— Dites-moi plutôt, Hélène, pourquoi les anges n'ont pas de sexe.

— Je vous savais un peu obsédé, Théo, mais pas à ce point ! Vous auriez pu me demander si les anges ont toujours eu des ailes, répliqua Mme Cantarel sur un ton facétieux.

— Bien sûr que non ! Dans l'Antiquité, les anges existaient déjà. C'étaient des éphèbes dans mon genre, affublés de longues robes avec des attitudes hiératiques, façon péripatéticienne, mais version travelo !

Hélène Cantarel ne put réprimer plus longtemps un retentissant éclat de rire. L'assistant de son mari était décidément beau garçon, plus cultivé qu'il ne le laissait paraître, et surtout débordant d'humour.

Et Théo de poursuivre son exposé avec le plus grand des sérieux :

— Chez les Romains, dans les catacombes, les anges sont aptères.

Trélissac crut déceler un soupçon d'interrogation dans les yeux de son interlocutrice :

— Oui, je veux dire qu'ils sont représentés sans ailes !

— Bien joué, Théo ! Vous devez me trouver assez ridicule avec mon petit cours sur les anges.

— Pas du tout, Hélène ! Je vous prie de me croire. L'histoire, chez moi, s'est arrêtée à Jules César pour reprendre sous François Ier, à la Renaissance.

— J'attendais que vous me citiez la naissance du Christ. Les débuts du christianisme auraient donné des ailes à votre savoir !

Cet échange à fleurets mouchetés, où tous deux rivalisaient de science et de charme, apportait la pincée de légèreté qui, depuis une semaine, faisait cruellement défaut à cette sous-préfecture de la Marne.

— Ce n'est qu'au IVe siècle, ajouta Hélène qui cachait désormais ses yeux rehaussés de khôl derrière des lunettes de soleil, que les anges se sont senti pousser des ailes. Leurs toges ont eu droit à un petit coup de « Génie sans bouillir » et sont devenues plus blanches que blanc. Il n'y a guère qu'en Orient qu'elles sont restées d'un bleu clair car, là-bas, le bleu incarne la pureté. Exception faite pour les anges de Cavallini parés de tuniques bariolées.

— Vous ne vous déroberez pas, Hélène ! Pourquoi les anges sont-ils asexués ? Oui, je vous le demande : pourquoi ?

— Vous posez une bonne question, Théo.

— Je croirais entendre Georges Marchais[1] : merci de me l'avoir posée.

— L'affaire a fait débat sous l'Empire byzantin ainsi qu'au Moyen Âge. Si vous aviez emprunté la bible de votre mère, vous auriez su que Jésus, si l'on en croit l'apôtre Matthieu, nous assure qu'après la Résurrection des morts « on ne prend ni femme ni mari, mais on est comme les anges dans le ciel ». C'est le Christ qui a donc tranché cette délicate affaire.

— Vous faites donc l'apologie de l'androgynie ?

1. Georges Marchais fut le secrétaire général du Parti communiste français de 1972 à 1994.

— Ce n'est pas faux ce que vous dites, Théo ! D'ailleurs, la représentation des anges dans l'art en fait des corps plutôt masculins, d'allure juvénile, voire enfantine, avec parfois des visages très efféminés. Je ne parle pas des chérubins de Giotto ou de Botticelli, à la chevelure blonde et bouclée, aux airs boudeurs ou espiègles, ces angelots-là, même s'ils sont asexués, se reproduiront à outrance dans toute la peinture baroque. C'est bien la raison pour laquelle la question n'est pas totalement tranchée !

Trélissac prit son air le plus angélique et tenta de poser son visage sur l'épaule d'Hélène.

— Cessez de faire l'enfant, Théo. Et surtout ne vous faites pas plus bête que vous n'êtes.

— « L'homme n'est ni ange, ni bête et le malheur veut que qui fait l'ange fait la bête ! »

L'archéologue retira ses lunettes pour mieux offrir ses yeux bleu cobalt :

— Blaise Pascal dans son *Discours sur les passions de l'amour* ! Bien joué, Théo. Séraphin a raison quand il dit que vous êtes aussi incorrigible qu'indispensable !

Cette joute verbale était de nature à renforcer l'étrange complicité qui unissait le jeune Trélissac à l'épouse de son supérieur hiérarchique. Chacun testait à sa manière son pouvoir de séduction. C'était un jeu entre eux qui ne manquait pas d'équivoque et dont Séraphin n'avait jamais été dupe. Hélène pouvait exercer sans vergogne ses talents de fine pédagogue, même si son jeune élève ne s'en laissait pas toujours conter.

L'humour était souvent la pierre angulaire de leurs échanges qui n'en finissaient pas. Parfois même, le conservateur en titre jouait les arbitres ; néanmoins cette fonction suprême pouvait échouer indistinctement à l'un ou l'autre des membres du trio. Les capacités de déduction de l'un s'ajoutaient à l'érudition de l'autre, sans compter les intuitions de chacun.

À Chaillot, où Cantarel avait ses bureaux, au même titre que rue de Valois, on considérait ce triumvirat comme étant d'une efficacité redoutable. Avec eux, les trésors de l'histoire de France étaient bien gardés, les faussaires en art et les pilleurs d'églises et de musées n'avaient qu'à bien se tenir.

Ce matin-là, Séraphin avait faussé compagnie à son épouse et à Trélissac afin de régler la question de la rallonge budgétaire nécessaire à la protection grillagée des vitraux de Chagall. Sans plus attendre, le conservateur des Monuments français entendait conclure ce litige car, à ses yeux, le fragile chef-d'œuvre de l'artiste d'origine russe n'était vraiment pas à l'abri d'un acte terroriste ou de pure malveillance. Les dommages auraient été « irréparables » et, en ce cas précis, sa responsabilité ne manquerait pas d'être établie.

Si besoin était, il réglerait le problème avec le secrétaire d'État en personne, même si le récent remaniement du ministère par Jacques Chirac ne lui offrait pas les mêmes libertés qu'au temps béni où Georges Pompidou et lui partageaient un verre de cahors et un demi-paquet de Gauloises filtre dans les salons de l'Élysée, ou au Prajoux, dans la bergerie de Cajarc.

À présent, Hélène et Théo étaient placés sous le regard pince-sans-rire de l'ange vénéré. Finalement, les explications de Séraphin étaient bien trop succinctes au regard de l'érudition de sa femme :

— On a souvent confondu l'ange de saint Nicaise avec celui de l'Annonciation. Il faut dire qu'ils sont sortis du même ventre !....

Théo se garda d'esquisser un sourire. Cette expression revêtait une étrange signification de la part de celle qui n'avait jamais pu offrir un descendant à son tendre époux. Hélène se ressaisit :

— Oui, je veux dire qu'ils sont issus du même atelier. C'est certainement au même sculpteur qu'on doit les deux statues. Des anges jumeaux, cela existe : la preuve !

— La ressemblance est troublante, en effet, confirma Trélissac qui plongeait son regard dans celui de l'ange aux lèvres si fines.

— Les anges de Reims ne sauraient être comparés à ceux d'Amiens ou de Chartres ! Ici, regardez, Théo, ils sont tout en élégance, en sveltesse, en délicatesse. C'est la pureté incarnée !

— C'est le moins que l'on puisse exiger d'un ange ! ironisa Théo.

— Certes, vous savez ce que dit un proverbe chinois, mon cher chérubin du Limousin ?

— Je me penche vers mon puits de science, ô belle Hélène, qui me répond avec un peu d'écho.

— Plus une eau est pure, moins elle recèle de poissons ! rétorqua Mme Cantarel d'un air taquin. Avouez, Théo, que le drapé de ces vêtements est digne de…

— On est plus proche d'Yves Saint Laurent que de Paco Rabanne, suggéra le jeune homme, l'œil malicieux. Ça manque toutefois singulièrement de couleurs !

— Dois-je vous rappeler, mon Théo, qu'autrefois toutes ces statues étaient peintes ? Approchez un peu… Voyez, sur l'aile, on peut détecter un semblant de polychromie.

Il suffisait en effet d'un peu d'imagination pour parer l'ange moqueur d'un teint rosé, de cheveux vénitiens et d'une toge à la blancheur éclatante. Peut-être le visage et les paupières étaient-ils fardés et les lèvres rehaussées d'un rouge vermillon ? Les deux complices riaient sous cape alors que le nombre de touristes ne cessait de croître sur le parvis.

Hélène et Théo paraissaient indifférents à cette cohue, alors que les meurtres qu'abritait Notre-Dame aiguisaient la curiosité des Rémois. Et, plus encore, celle des étrangers, bardés de leurs Instamatic, désireux de visiter les toits de la cathédrale et de toucher le bronze de la cloche sur laquelle l'enfant de chœur avait été supplicié.

Savaient-ils seulement, ces badauds assoiffés d'intrigues et de spectaculaire, que ce dédale de corniches était pavé d'une épaisse couche de fiente de pigeon sur laquelle couraient des vents mauvais et des feux follets ?

Depuis quelques secondes, Trélissac caressait du regard le cou de l'ange souriant, certainement à la façon des bourreaux du Moyen Âge qui détaillaient la nuque de leur future victime. Hélène se taisait, anticipant la prochaine question de Théo.

— Je parie que cet ange a perdu sa tête. N'est-ce pas ?

Devant le silence amusé d'Hélène, Trélissac surenchérit :

— J'en mettrais la mienne à couper !

— Exact. Mais c'est une longue histoire… J'étais persuadée que Séraphin vous l'avait racontée.

— Je vous jure que non ! Venez, je vous offre un café au *Palais*.

— Non. Pas au *Palais*, les serveurs sont sinistres, protesta Hélène en faisant glisser ses lunettes de son front sur son nez aquilin.

— Oui, mais c'est là que bat le cœur de Reims. On y croise des gens qui, de mon point de vue, ne sont pas au-dessus de tout soupçon, si vous voyez ce que je veux dire…

— Théo, je crois que vous êtes atteint du même mal que mon Séraphin. Je me demande parfois si au palais de Chaillot vous n'auriez pas préféré le 36 du quai des Orfèvres.

— On ne se refait pas ! Avant de regagner Paris, il faut qu'on ait éclairci ces petits meurtres en série. D'ailleurs, je suis convaincu que nous ne sommes pas au bout de nos peines.

— Qu'est-ce qui vous faire dire cela ?

— Je n'ai pas bien dormi cette nuit. La pleine lune ne me réussit pas. Elle est propice aux instincts meurtriers et, pour ne rien vous cacher, je flippe un peu à l'idée de passer une nuit là-haut.

L'assistant de Cantarel regardait à présent la flèche de l'ange qui dominait la cathédrale. Vert-de-gris, d'allure austère, le protecteur de la ville arborait une croix qu'il dirigeait vers le ciel. Autrefois, c'était une lance dorée qu'il jetait dans les cieux. Certains esprits chagrins considérèrent que l'ange offensait Dieu et la lance fut changée en croix. C'était Séraphin qui lui avait révélé ce détail de l'histoire.

En quelques pas, Hélène et Trélissac se retrouvèrent attablés à la terrasse du *Palais*. Le soleil de cette fin de printemps voyait s'agglutiner sur les fauteuils tressés en osier toute la bourgeoisie rémoise qui faisait mine de se cacher derrière la une de *L'Union* en sirotant son café crème ou son kir.

— Je ne vous ferai pas l'affront, Théo, de vous rappeler que Notre-Dame a été incendiée par les Allemands en 1914.

— Merci, je connais mes classiques ! Vous n'allez pas me faire aussi le couplet sur le baptême de Clovis, Jeanne d'Arc et le sacre de Charles VII. Prenez-moi pour un ignare tant que vous y êtes.

— Tout doux, mon garçon. Je n'entends pas passer une nuit avec un jeune homme aussi frous-sard que susceptible. Alors, avalez votre café crème, Théo, et écoutez sagement.

— Bien, maîtresse !

— Comment dois-le prendre ? se gaussa Hélène en rajustant le col de sa saharienne.

— À votre guise ! Je vous écoute.

Mme Cantarel fouilla alors dans son sac pour en extraire un paquet de cigarettes cartonné. Des Royale menthol, filtre. Elle embrasa aussitôt sa tige et extirpa de ses narines un nuage de fumée qui exhalait une délicate odeur de menthe poivrée. Puis l'épouse du conservateur se livra à un long monologue, entre-coupé de taffes et de gorgées de café tiède.

Il y était question de violents combats, livrés en septembre 1914, où Reims était assiégée par l'artil-lerie allemande qui ne déversa pas moins de trois mille obus sur la ville, sans épargner les lieux saints. Bilan matériel catastrophique et un bilan humain qui ne l'était pas moins. Les échanges de tirs avaient fait plus de cent soixante-dix morts et l'intérieur de la cathédrale était jonché de paille pour accueillir les blessés. L'occupant ne s'embarrassait d'aucun principe, mettant à feu et à sang l'un des plus beaux symboles de la chrétienté.

Après une nouvelle bouffée, la conteuse prit alors une voix plus modulée pour développer la suite des événements :

— Le 19 septembre 1914, il est trois heures de l'après-midi, un obus fracasse l'échafaudage en bois qui ceinture la tour nord, explose et met aussitôt le feu à la charpente. Sous l'effet de la chaleur, comme un claquement de fouet, la grande rosace est pulvérisée. Des escarbilles incendient alors la paille destinée à recueillir les Boches blessés. En quelques minutes, Notre-Dame n'est plus qu'un immense bûcher ! La toiture de la cathédrale est la proie des flammes. Les Rémois assistent à cette agonie, impuissants. Bientôt les gargouilles se mettent à gémir. Et c'est du plomb qui coule à présent de leurs gueules effarées.

À la table voisine, un couple de sexagénaires écoute sans broncher le récit d'Hélène. Même Trélissac n'a pas le cœur à plaisanter. Les faits ne sont pas contestables et le propos, il le sait, n'a rien d'exagéré. Il se souvient d'avoir eu entre les mains des photographies d'archives attestant de la fureur de l'incendie.

— Comment expliquer que le feu se soit propagé aussi rapidement ? demanda Théo.

— Il paraît que, ce jour-là, un vent violent soufflait sur Reims et l'escalier en colimaçon de la tour nord a produit un véritable appel d'air. C'était mieux qu'une cheminée. Personne, aucun pompier, ne pouvait maîtriser le sinistre !

— J'imagine que cette offense a scandalisé l'opinion publique ?

— La presse, les hommes politiques, les intellectuels, même ceux qui étaient soupçonnables de bouffer du curé, se sont indignés de pareil crime. Tous les journaux ont crié en chœur à l'infamie, qualifiant les Boches de barbares…

— Les Allemands ne devaient pas être très fiers ?

— Ils ont tenté de justifier leur pilonnage en prétextant que la cathédrale servait de poste d'observation alors que, sur la paille et parmi les prie-Dieu, s'entassaient des soldats allemands prisonniers et, pour la plupart, blessés.

— C'était un crime contre l'humanité ! scanda Théo.

— Je vous rassure, l'expression a été reprise dans toutes les gazettes de l'époque : dans *Le Miroir, Le Petit Parisien*, ou *Le Matin*, sans compter *Le Petit Journal* qui a qualifié Notre-Dame de « vrai tas de ruines ». C'était pour le moins exagéré, vous en conviendrez, Théo ?

— La presse à scandale n'est pas une invention de ce jour. Il faut vendre du papier. Un fond de vérité suffit, le reste n'est qu'extrapolations et divagations de plumitifs trop contents de rouler le lecteur dans sa propre fange ! ragea Trélissac.

— Croyez-vous, Théo, que les choses ont vraiment changé ? lâcha Hélène d'un air dubitatif.

Elle écrasa sa Royale dans un cendrier publicitaire à la gloire de l'apéritif Dubonnet et interrompit son récit. Un silence s'imposa entre les deux interlocuteurs. Le couple d'à côté piqua du nez quand Trélissac hasarda un regard dans sa direction. Le mutisme de Mme Cantarel donnait une gravité rétrospective à cette tragédie.

Comme toujours en semblable circonstance, Théo usa d'un trait d'humour en singeant un personnage battant des ailes :

— Et soudain… Un ange passe !

— Qu'on l'encule ! rétorqua sans ciller la femme du conservateur.

— La phrase n'est pas de vous, Hélène, mais de Cocteau ! blagua l'enfant terrible, le sourire aux lèvres.

Le couple de sexagénaires joua les vierges effarouchées, alors que Théo et son historienne cultivaient leur complicité de potaches.

— Et notre ange dans tout cela ? insista Trélissac.

— Pensant que c'était les flammes de l'enfer qui léchaient sa toge, il en a perdu la tête ! ricana l'archéologue en mimant une décapitation.

— Plus sérieusement !

— En réalité, c'est une poutre de l'échafaudage incendié qui a eu raison de sa caboche, ajouta Hélène.

— Je présume qu'il ne fut pas le seul à perdre quelques organes vitaux ?

— Saint Nicaise, lui-même, perdit sa tête. Beaucoup de saints subirent le même sort. L'incendie provoqua des mutilations de toutes sortes. À croire que tous les saints réunis, les anges et consorts étaient impuissants à protéger leur cathédrale !

— Si j'osais, glousса Théo, cela faisait une belle bande de bras cassés !

Hélène jubilait ; Trélissac n'était pas mécontent de son effet.

— Non, mais… « Plus sérieusement », pour reprendre votre expression, Théo, les dommages étaient tels que le gouvernement nomma une commission d'enquête pour évaluer l'étendue des dégâts.

— C'était aussi un moyen pour le gouvernement français de faire de la propagande et de fustiger l'occupant qui ne croyait même plus en Dieu ! objecta l'assistant de Cantarel.

— Oui, vous avez raison ! La commission était présidée par Albert Dalimier, qui n'était autre que le sous-secrétaire d'État aux beaux-arts de l'époque. En marge de cette délégation, il y avait le journaliste Albert Londres. Il écrira… Je cite de mémoire, s'empressa de préciser Hélène : « La cathédrale de Reims n'est plus qu'une plaie. Je ne peux m'empêcher de penser à Sénèque posant le pied sur les ruines de Pompéi. »

— Et quelles furent les conclusions de cette commission d'esprits bien-pensants ? interrogea Théo, l'air narquois.

— De grandes phrases, comme toujours, du style : « La cathédrale porte à tout jamais la marque d'un vandalisme qui défie l'imagination… » Et puis ces messieurs « bien-pensants », comme vous dites, exigèrent l'ouverture d'une enquête administrative afin d'éclairer un point : pourquoi les échafaudages s'étaient-ils aussi vite embrasés et pourquoi étaient-ils à cet endroit précis alors qu'aucune autorisation n'avait été donnée ? Bref, chacun a voulu se dédouaner, oubliant un peu vite que c'était l'ennemi qui avait ouvert le feu. Vous savez, Théo, c'est très français cette attitude qui consiste à s'autoflageller quand le ressac de l'histoire entame les idéaux affichés aux frontons de nos édifices publics !

Muet, le couple de la table d'à côté buvait du petit-lait.

— Et notre ange, alors ? s'obstina Trélissac.

— Certes, il a été décapité, mais il ne fut pas le seul dans cette posture délicate. La reine de Saba a subi la même punition. En vérité, seule la toge de l'ange avait été léchée par les flammes. Ce n'est rien, comparé à saint Rigobert, saint Étienne ou saint Nicolas qui ont eu vraiment chaud aux fesses ! Pour tout vous dire, Théo, au début de ce siècle, l'ange qui vous intéresse aujourd'hui n'était pas plus célèbre que ses congénères.

— Vous voulez dire, Hélène, que son étrange sourire n'avait ému personne jusque-là ?

— C'était une statue parmi deux mille autres. À ma connaissance, aucun historien, aucun écrivain ne l'avait jusqu'alors porté au pinacle ! Il fallut attendre cet incendie pour qu'un conférencier éclairé, un certain André Michel, déclare avec des trémolos dans la voix : « C'est une des particularités de la cathédrale de Reims que d'être veillée par toute une armée d'anges. Je voudrais vous montrer ceux du chevet jusqu'à celui, aujourd'hui décapité par les boulets allemands, qui souriait à saint Nicaise martyrisé : toutes ces nuances du sourire, toutes ces grâces et les tendresses de l'âme française sont épanouies sur leurs lèvres de pierre… »

— Poète avec ça ! Donc, si je vous ai bien comprise, la dénomination de « l'ange au sourire » date d'à peine plus d'un demi-siècle ?

— Exactement, mon petit Théo !

— Cessez, je vous prie, de m'appeler « mon petit », j'ai l'impression d'être votre sempiternel élève !

— Mais c'est une marque d'affection, voyons ! Je crois ne pas connaître garçon plus susceptible que vous !

Puis, dans un élan spontané, Hélène Cantarel déposa un baiser furtif sur la joue gauche de Trélissac, tout surpris. Aussitôt son visage s'illumina et ses lèvres ourlées ressemblèrent soudain à celles de la statue décapitée.

— Même si vous n'avez rien d'un ange, quand vous souriez, Théo, je peux vous assurer que vous ne laissez aucune femme de pierre !

— Vous allez me faire rougir, Hélène.

— Sourire suffira !

Un homme court sur pattes se glissa parmi les tables de la terrasse du *Café du Palais*. Il portait un couvre-chef marron, échappé d'une époque révolue. Avec son feutre, il saluait d'un hochement de tête quelques habitués feignant de lire les échos de *L'Union de Reims*. Le nabot s'assit, retira son chapeau et exposa son visage au soleil avant de clore ses paupières pour savourer ce miel qui tombait du ciel. Au préalable, il commanda un « Perrier-tranche » au garçon de café qui usait de son décapsuleur avec une aisance déconcertante.

Théo fut étonné de reconnaître en ce lieu Quasimodo. Comment ce rat d'église, habitué à l'ombre de Notre-Dame et à la rouille des targettes, pouvait-il supporter l'airain du soleil de juin ?

La conversation passionnée qui liait Théo à Mme Cantarel ne connaissait pas de répit. Au café noir avaient succédé deux Vichy fraise. Hélène était intarissable. Elle évoquait à présent la personnalité d'un passionné d'art du nom de Pierre Antony-Touret qui, l'été 1915, avait publié un livret d'une quinzaine de pages avec pour titre *L'Ange brisé, l'oiseau noir*. On y voyait, disait-elle, une série de planches représentant l'ange souriant : avant et après sa mutilation. Une manière de sensibiliser l'opinion publique sur les affres de la guerre et la nécessité de restaurer ce qui pouvait l'être.

— 14-18 fut une énorme boucherie. Neuf millions de morts. Même les anges n'avaient pas survécu ! scanda l'épouse du conservateur qui distillait son propos à la façon des romans d'Agatha Christie. Mais savez-vous, Théo, ce qui mit notre ange dans la lumière ?

— Éclairez ma lanterne, vous en brûlez d'envie ! se moqua Trélissac.

— La rumeur…

— Quelle rumeur ?

— Un article paru dans le *New York Times* du 6 novembre 1915 qui faisait état de l'achat de la tête de l'ange pour une poignée de dollars par le colonel Alfred du Pont de Wilmington, digne descendant des fameux industriels DuPont de Nemours.

— Non…

— Si, Théo ! À Paris comme à Reims, l'affaire releva du scandale. Le vol aurait été commis entre le 19 et 30 septembre 1914, d'autant que les vestiges de la cathédrale mutilée ne faisaient l'objet d'aucune surveillance particulière. Parole des autorités de l'époque !

— Cela paraît incroyable ! objecta Théodore.

— Vous oubliez, Théo, qu'on était en temps de guerre et qu'on avait davantage à l'esprit de rapatrier nos « gueules cassées » plutôt que celles d'anges gardiens qui avaient failli à leur mission !

Trélissac esquissa un nouveau sourire. Hélène en profita pour allumer une cigarette, but une gorgée de son Vichy fraise avant de poursuivre l'odyssée de ce « sourire de pierre » prétendument exilé aux États-Unis :

— Même le sous-préfet de Reims a donné du crédit à l'article du *New York Times* en précisant que le concierge de l'archevêché de Reims lui avait déclaré que « la tête avait été volée le 22 septembre par un médecin-major à quatre galons ».

— C'était donc vrai ? demanda Théo.

— Pas le moins du monde ! En réalité, au lendemain de l'incendie, l'abbé Jules Thinot, le curé de Notre-Dame, avait pris soin de recueillir la tête décapitée et de la conserver précieusement dans les caves de l'archevêché. Hélas, le malheureux curé s'engagea comme volontaire et devint aumônier militaire. Le pauvre mourut au front, sans confier aux autres membres du clergé qu'il avait sauvé la tête de « l'ange au sourire ».

— C'est une belle et assez triste histoire, conclut Trélissac en lissant son menton revêtu d'une barbe naissante qui lui donnait un air de garçon rebelle.

— Mais ce curé ne sauva pas que cet ange. Il récupéra aussi la tête de la reine de Saba qu'il rangea soigneusement dans l'armoire de sa sacristie en l'habillant de papier journal.

— Dites-moi, Hélène, la tête de l'ange vendue au collectionneur américain, c'était un faux ?

— C'était un moulage de l'original. Il faut reconnaître que l'affaire a eu un retentissement international et a finalement bien servi la cause de Reims. Je ne connais pas d'ange plus photogénique que cette statue arrachée aux carrières de Courville !

Théodore regretta presque que l'histoire fût terminée. Pourquoi Séraphin ne lui avait-il rien dit des péripéties de cet envoyé spécial du bon Dieu ? À présent, c'était la venue de Raphaël, l'organiste de Notre-Dame, au *Café du Palais* qui accaparait son attention. Hélène eut droit à une explication sommaire du rôle capital de ce bossu dans l'organisation de la cathédrale.

Il faudrait naturellement se le mettre dans la poche pour accéder aux toits du monument. Mme Cantarel s'apprêtait à se rapprocher de lui pour le saluer quand un homme vint s'asseoir à sa table. Bien qu'il fût en civil, l'assistant du conservateur reconnut à l'odeur de son cigare le colonel de l'autre jour.

Les deux hommes se serrèrent la main et le militaire remit à l'organiste une enveloppe bistre que celui-ci s'empressa de glisser dans la poche intérieure de son veston.

— Vous prendrez bien un dry, mon colonel ?

L'officier déclina l'invitation de Raphaël Ferragano ; il se contenta d'un sourire et d'une tape amicale dans le dos de Quasimodo, à l'endroit précis où saillait de son échine une bosse de la taille d'un œuf d'autruche.

8

D'abord, il y eut cette odeur qui sauta aux narines de Séraphin comme au temps où, gamin du côté de Cahors, il enrichissait tous les jeudis après-midi son herbier en arpentant frénétiquement le mont Saint-Cyr. Il ne s'était jamais séparé de ce grand classeur en toile noire où, avec une maniaquerie digne d'un entomologiste, il consignait toutes les plantes caussenardes. Certes toutes ces graminées ou herbacées, alignées sur des feuilles de papier Canson, n'étaient plus aujourd'hui que fétus ou lambeaux de poussière, mais les senteurs et les souvenirs étaient là. Intacts, inaliénables.

Cette boutique était, à s'y méprendre, une réplique parfaite de la bibliothèque du Sénat, faite de boiseries joliment sculptées et de longues étagères moulurées. Seules différences : les dimensions plus réduites et l'espace plus confiné. En guise de livres s'entassaient des casiers bruns, flanqués de poignées en cuivre astiquées comme des louis d'or, sur lesquels étaient écrits à la main d'une encre violette : *Aloysia triphylla* (verveine), *Hyssopus officinalis* (hysope),

Thymus vulgaris (thym), *Tabebuia impetiginosa* (lapacho)…

Quand Cantarel y pénétra retentit aussitôt une clochette au son grêle. Une femme en blouse écrue s'agitait derrière un vieux comptoir en bois vernis. Sur l'arête de son nez aquilin chevauchaient des lunettes d'un autre siècle, surmontées de deux yeux de fouine.

L'herboriste était loquace et ferme dans ses préconisations. Contre les toux rebelles, elle suggérait à sa cliente des infusions de serpolet. À l'autre, en proie à des digestions difficiles, elle recommandait sans hésiter de la mélisse des bois. À une troisième qui refusait de vieillir, elle prescrivait une fiole baptisée « Ad vitam aeternam » dont trois gouttes par jour suffisaient pour assurer une longévité séculaire. Le produit miracle avait, entre autres vertus, de « drainer le foie et de clarifier le sang » !

La boutique semblait bien tenue par celle qui, sous ses airs d'institutrice pointilleuse, distillait son autorité à coups de décoctions savamment dosées et d'étranges tisanes. Elle attirait une clientèle de fidèles : des femmes pour la plupart, qui s'en remettaient à ses prescriptions avec la foi du charbonnier.

Mais où était donc l'herboriste dont le fils s'était compromis avec la jeune victime de Notre-Dame ? Le conservateur hasarda un coup d'œil dans ce qui semblait être l'arrière-boutique. Des ampoules blafardes dégoulinaient du plafond pour jeter des halos sur des quantités de fleurs et de feuilles jaunies qu'un jeune garçon bigleux s'évertuait à ranger dans des boîtes métalliques.

Quand vint son tour, Séraphin Cantarel demanda à la femme au chignon et aux lunettes de préceptrice :

— Me serait-il possible de parler à M. Séguier ?

— Je suis désolée, il est souffrant actuellement. En quoi puis-je vous être utile ? répondit l'herboriste qui abusait du rouge à lèvres pour couvrir de sang sa lippe si fine.

Tout à trac, le conservateur improvisa un mal imaginaire : un excès subit de cholestérol. La femme à la blouse écrue prôna aussitôt des tisanes de romarin à raison de trois tasses par jour. Cantarel obtempéra benoîtement, tenta de savoir de quel ordre était le mal dont souffrait l'herboriste de la rue des Capucins, mais la « tisanière » se fit tout à coup laconique en prenant soin de glisser le romarin dans un sachet en papier kraft où l'on pouvait lire : « Toutes les plantes pour lutter contre le mal de Reims. »

En quittant cette officine surannée, enthousiasmé par la beauté des lieux mais inquiété par l'attitude de la vendeuse, Cantarel se dit qu'il serait judicieux d'inscrire cette herboristerie très ancienne à l'Inventaire supplémentaire des monuments historiques. Ce lieu unique méritait d'être protégé, sait-on jamais, d'un assaut de modernité. Pour Séraphin, le prétexte était tout trouvé pour rencontrer le père Séguier dont le fils s'était compromis dans une sombre histoire d'empoisonnement.

Quand Cantarel retrouva Hélène à *La Grenouillère*, il essuya les moqueries de sa femme qui sirotait une tasse de thé dans un salon encombré de toute une bibeloterie aussi hétéroclite que précieuse. En vérité, elle n'avait pour seule compagnie que le fils de la propriétaire, Norbert Lectoure, qui paraissait apprécier cette intimité toute relative.

— Toi ? Du cholestérol ? Voilà que tu t'inventes des maladies, maintenant ?

— Il fallait bien que je... protesta Séraphin, embarrassé.

— À part un excès d'acide urique qui fait de toi un goutteux, tu es un roc, mon chéri !

Dès lors, le conservateur afficha sa mine de bien portant, se rencogna dans un fauteuil au velours élimé et exigea qu'on lui serve, en dépit d'une météo clémente, un thé de Ceylan.

— À vrai dire, c'est de la tisane de frêne qu'il te faut, mon Séraphin. Il n'y a pas meilleur remède contre la goutte ! lui fit remarquer son épouse qui semblait avoir appris quelques potins de son interlocuteur, nettement moins à l'aise depuis le retour de Cantarel.

Le fils Lectoure s'était retiré de la conversation, s'abritant derrière son statut de maître d'hôtel à la tenue irréprochable, mais bien trop bavard quand il s'agissait d'évoquer sa ville « toute grouillante d'obscénités ».

Déjà, à la manière dont il faisait craquer ses longs doigts, il paraissait regretter ce qu'il avait pu dire à cette belle femme qui lui avait tiré les vers du nez.

Pendant que Norbert faisait frissonner l'eau pour le « thé de monsieur », Cantarel demanda à sa femme comment s'était passée sa journée. Avait-elle des nouvelles de Théo ? Hélène haussa les épaules, comme si l'emploi du temps de Trélissac lui était totalement étranger.

— Je me suis promenée rue de Tambour. Figure-toi que j'ai dégotté une marchande de tableaux avec quelques toiles pas mal du tout. Un vrai bric-à-brac, chez elle ! Un bout de femme avec du tempérament, qui fume comme un pompier et qui semble avoir davantage besoin d'argent que de prières !

— Tu veux parler de Winnie du Moriez ?

— Honnêtement, j'ignore son nom, mais nous avons échangé quelques mots. Enfin, un peu plus, car je crois qu'elle a descendu son paquet de blondes l'espace de notre discussion. Ce n'est pas compliqué : avec une cigarette, elle allumait la suivante…

— Je connais la Winnie ! Elle a eu jadis son heure de gloire.

— Comment la connais-tu ? demanda Hélène d'un air suspicieux.

— C'est une figure de Reims. Grandeur et décadence. Sais-tu qu'elle fut la maîtresse d'Othon Friesz ?

— Le peintre qui a signé la décoration du palais de Chaillot ?

— Lui-même !

— Ami de Dufy, de Braque, ce fut l'un des artisans du fauvisme, n'est-ce pas ? Mais, dis-moi, il n'a pas couché avec les Allemands, ton Othon Friesz ?

— On lui a reproché en effet d'avoir collaboré avec l'occupant. À la Libération, il a eu quelques ennuis, mais il comptait pas mal d'amis influents dans le domaine des arts et il fut traité comme Guitry, avec une certaine bienveillance.

Norbert déposa un nouveau plateau sur le guéridon qui séparait Séraphin de son épouse. Il s'appliqua à lever le couvercle de la théière pour s'assurer que l'infusion était parfaite.

— Un peu de sucre ? demanda l'hôtelier au gilet impeccable et à l'oreille en coin.

— Jamais ! répliqua Cantarel.

Quand l'héritier de *La Grenouillère* eut tourné les talons, le couple Cantarel reprit sa conversation comme si de rien n'était.

— Alors, ces deux-là furent amants ? J'ai du mal à le croire.

— Certes il ne la coucha pas sur… son testament, mais lui légua tout de même pas mal de toiles, certaines mineures, d'autres nettement plus cotées. C'est ce qui lui a permis de subsister, sinon la pauvre Winnie dormirait à ce jour sous les ponts.

— On voit bien qu'elle ne roule pas sur l'or, mais à l'écouter, on croirait que Picasso et Dalí sont passés entre ses mains, enfin je veux dire dans sa galerie…

— Je crois en effet que son tableau de chasse fut, à bien des égards, impressionnant !

Séraphin Cantarel eut un de ces sourires gourmands qui laissaient supposer qu'il ne confiait qu'un dixième de ce qu'il savait véritablement.

— Je crois, monsieur le conservateur, s'exclama Hélène, que vous êtes atteint d'un mal qui sied sans exception à tous les habitants de cette ville !…

— Je sais : quand calomnie rime avec vilenie, soupira Cantarel en trempant ses lèvres dans le thé brûlant. Nom de Dieu, vous voulez m'ébouillanter, Norbert !

L'hôtelier apparut aussitôt et prit un air confus. Il se confondit en plates excuses pendant qu'un bruit sec résonnait dans la cuisine. On eût cru un pic-vert frappant l'écorce d'un arbre dur comme fer. Les époux Cantarel se regardèrent, l'air inquiet.

Norbert s'éclipsa aussitôt :

— Je vous prie de m'excuser !

S'ensuivirent un esclandre et des phrases définitives jetées avec hargne. Toutes émanaient de l'office. Une volée de bois vert s'abattait sur l'échine du malheureux Norbert :

— Tu n'es donc qu'un bon à rien ! Pas foutu de savoir faire du thé ! Pourquoi, mon Dieu, le Ciel m'a-t-il donné un fils pareil ? Un incapable ! Comme ton père…

— Arrête, maman ! Tais-toi, je t'en prie !

Il n'y avait désormais plus aucun doute : c'était à coups de canne que la vieille Lectoure frappait sans discontinuer sur son rejeton. Son fauteuil roulant cognait contre les meubles de la cuisine et, au fur et à mesure que les invectives pleuvaient, la canne fracassait la vaisselle et les os de ce jeune homme qui ne parvenait pas à calmer l'ire de sa mère devenue folle.

Fallait-il que cette femme soit passablement dérangée pour infliger pareille humiliation à son fils. Tant il est vrai qu'il ne ménageait pas sa peine pour entretenir cette pension de famille et s'occuper avec dévouement de cette septuagénaire paraplégique que les clients croyaient toujours assoupie sur son fauteuil, rivé au premier étage, sous le halo d'une vieille lampe où elle relisait quelques Conan Doyle. Derrière ses yeux bleus se cachait en vérité de l'acier trempé. Sous un masque débonnaire s'abritait une femme bouffie de rancœur qui faisait payer à son fils son peu d'intérêt pour les femmes.

Quand le pauvre homme réapparut, la démarche hésitante, il dissimulait une plaie au front :

— Ce n'est rien, ce n'est rien ! répétait-il sans cesse, comme pour diminuer l'affront qu'il venait de subir publiquement.

— Voulez-vous que nous appelions un médecin ? demanda Hélène qui sortit un mouchoir de son sac pour éponger le filet de sang qui s'écoulait de la balafre infligée par la vieille acariâtre.

Dans la cuisine, le carnage se poursuivait. Ce n'était que jurons et bris de verre. Comment la dame, d'habitude si digne sous son plaid écossais, aux yeux si pâles et au sourire indolent, pouvait-elle se révéler si cruelle ? Tant d'ingratitude effrayait les Cantarel.

À présent, c'était Norbert, livide et tétanisé, qui avait pris place dans le fauteuil d'Hélène. L'épouse du conservateur multipliait les compresses et les mots apaisants. D'autorité, Séraphin était passé derrière le comptoir et s'était emparé de la première bouteille d'alcool à portée de main. Il versa une rasade dans un verre à cognac et le tendit au fils Lectoure en lui ordonnant, sur un ton comminatoire :

— Buvez ça ! Cela vous fera du bien.

— Pardonnez-moi de vous infliger ce spectacle ! Ma mère est folle depuis que…

— Buvez, je vous dis ! insista Cantarel.

L'hôtelier tremblait de tous ses membres. Une larme roulait à présent sur sa joue droite marquée de couperose. Sa respiration était toute saccadée et sa chemise à col cassé auréolée de sang. Par intermittence, l'ongle de son index arrachait rageusement le velours vieil or du fauteuil. On aurait dit que Norbert voulait à son tour griffer la peau ratatinée de sa mère qui se cramponnait à la vie comme le lierre à la pierre.

Dans la cuisine, le vacarme avait cessé. Des borborygmes avaient succédé aux infamies sorties de la gorge de la douairière.

— Norbert, viens ici ! hurla l'infirme.

— Restez là ! ordonna Hélène.

Le carillon de l'entrée résonna. Main dans la main, un jeune couple se présenta à l'accueil pour savoir si une chambre était encore disponible. Séraphin Cantarel endossa spontanément les habits d'hôtelier.

— Nous sommes désolés. La pension est complète !

Les tourtereaux parurent dépités. À la vue des taches de sang sur le carrelage, la jeune fille balbutia :

— Qu'est-ce qui s'est passé ?

— Rien, s'empressa de répondre Hélène. Juste une petite hémorragie nasale. Avec cette chaleur, rien de surprenant.

Les amoureux n'insistèrent pas et se retirèrent en considérant le visage hagard de Norbert qui dissimulait maladroitement sa blessure de sa main droite.

— Buvez, vous dis-je ! beugla Séraphin.

— Je déteste le génépi.

— Ce n'est pas le problème, répliqua l'occupant de la chambre 1.

Norbert Lectoure s'exécuta tandis que sa mère avait encore la force d'agiter sa canne sur quelques carafons que sa colère avait jusqu'alors épargnés. Son visage s'éclaira quelque peu. Hélène se pencha à nouveau sur son front, renouvela la compresse et lui offrit, sans le vouloir, un peu de sa poitrine joliment dessinée.

Une piqûre de Valium eut raison de la surexcitation de la tenancière de *La Grenouillère*. Le médecin fit son injection dans la veine de la septuagénaire avec une certaine jubilation. Il dut s'y reprendre à trois reprises car la vieille carne laissait couler peu de sang dans ses fines artères.

— Vous aurez la paix pour un bout de temps ! confirma le toubib en même temps qu'il désanglait le garrot compressant l'avant-bras de Félicie Lectoure.

Puis, dévisageant Norbert, il ajouta :

— Elle ne vous a pas raté, la garce ! Elle sait encore manier le bâton !

Le fils s'était rapproché d'un miroir et évaluait l'ampleur de la blessure. Il tentait de diminuer la gravité de celle-ci en jouant de la compresse que Mme Cantarel lui avait confectionnée en se servant d'eau oxygénée, dont un flacon traînait au fond de son sac à main.

— Deux points de suture sont nécessaires ! ordonna le médecin en examinant de plus près la plaie béante. Cette fois-ci, je ne saurais trop vous recommander de porter plainte, monsieur Lectoure. Votre mère relève désormais de l'asile psychiatrique. Vous ne pouvez plus la garder chez vous. Cela fait trois fois en un mois qu'elle s'en prend à vous physiquement. Et elle n'y va pas de main morte.

— Je ne peux pas lui faire ça, bredouilla Norbert, blême.

— C'est elle qui le fera à votre place. Toute impotente qu'elle est, elle viendra vous étrangler dans votre sommeil. C'est une malade, vous savez. Dans toute ma carrière, je n'ai jamais vu un cas pareil.

Dans son lit, Félicie Lectoure dormait à présent du sommeil du juste, les mains jointes comme pour implorer le bon Dieu. Ses lèvres émettaient un léger sifflement accompagné par une oscillation infime de sa poitrine. Paupières closes, une petite croix en or à la hauteur de la carotide, on aurait dit une moribonde attendant l'arrivée du curé pour recevoir les derniers sacrements. Au-dessus de son chevet, un crucifix en bois poussiéreux assistait à la scène. Glissé entre les genoux du Christ, un rameau d'olivier, bénit aux dernières Pâques, éloignait le spectre de la mort.

— Je ne peux pas lui faire ça, docteur, larmoya l'hôtelier face à l'insistance du médecin qui fermait sa mallette en caressant son cuir fauve.

— Demain, le Valium aura perdu son effet, elle se traînera jusqu'à son fauteuil roulant et vous injuriera de plus belle. N'espérez pas un retour en grâce, Norbert ! Elle n'a plus que vous et vous considère comme son plus sûr ennemi. Votre maman n'a plus toute sa tête, juste quelques rares éclats de lucidité qui réveillent ses pires instincts.

Lectoure s'était rembruni, comme un enfant que l'on gronde et qui assume sa punition. Sa mère était son bourreau et il ne voyait dans ces coups de trique, aussi douloureux fussent-ils, que des signes d'affection.

— Je peux vous délivrer un certificat médical, ajouta le docteur en rajustant machinalement son nœud papillon. S'il le faut, j'irai jusqu'à la barre du tribunal pour témoigner du calvaire que vous endurez au quotidien.

— Non, je vous en prie, docteur…

— Je vous accompagne à la clinique ? Il faut arrêter cette hémorragie faciale, mon garçon. Pour un peu, elle vous décervelait, votre gentille mère.

L'hôtelier brandit la tête comme pour signifier une nouvelle fois son refus.

— Comme vous voudrez, conclut le médecin qui lui tendit une main glacée avant de descendre l'escalier d'un pas las.

Planté au chevet de sa mère, Norbert Lectoure était immobile. Les doigts ensanglantés, les cheveux hirsutes, il cachait son visage, tiraillé entre la honte, le désespoir et ce qui reste d'amour entre un fils mal aimé et une mère atrabilaire.

À peine le médecin eut-il glissé l'aiguille de sa seringue dans la peau de la vieille Lectoure que les Cantarel s'étaient retirés dans leur chambre. Cette histoire relevait de la vie privée. Celle d'une famille rémoise au-dessus de tout soupçon qui se gardait bien de confesser à l'abbé Sotte ses sarcasmes.

Hélène en avait été bouleversée. Séraphin, pour sa part, singeait la sérénité. Mais quand le téléphone résonna sur la table de chevet, il marqua un temps d'arrêt avant de décrocher le combiné. Il avait eu son lot pour la journée. Peut-être son salut viendrait-il de Théo, parti en quête d'informations sur les mœurs de cette ville décidément très inquiétantes.

— Très heureux, monsieur le ministre ! répondit poliment le conservateur en chef des Monuments français.

Hélène étouffa un éclat de rire devant l'obséquiosité ridicule de son mari. Séraphin posa sa main droite sur le micro du téléphone et pointa son index sur ses lèvres afin de couper court à toute attitude irrévérencieuse. Son épouse leva les yeux au ciel comme pour signifier qu'elle n'entrait pas dans son jeu. Cantarel lui tourna alors le dos pendant qu'elle se déshabillait à la façon d'une strip-teaseuse tout en faisant couler un bain.

— Vous me voyez rassuré, monsieur le ministre ! Taittinger n'aurait pas compris qu'il en soit autrement. Je donne les consignes sur-le-champ. Les grillages de protection seront installés sous trois jours. J'en prends l'engagement formel… Merci, monsieur le ministre… Avec mes respects, monsieur le ministre…

Une voix mutine s'échappa de la salle de bains :

— Je vous emmerde, monsieur le ministre…

— Hélène, voyons ! s'indigna pour la forme le fonctionnaire des affaires culturelles.

Quand Séraphin s'aventura dans la pièce la plus intime de leur suite, la tête de son épouse émergeait au milieu d'un tapis de mousse aux parfums d'agrumes verts.

— Viens me donner un baiser ou je te rosse comme un vulgaire mari qui néglige sa femme pourtant si belle.

Séraphin s'exécuta avec volupté. Ce fut le prélude à une belle nuit d'amour. Le couple Cantarel abusa du room service. Une simple omelette, une bouteille de champagne de la Montagne de Reims et deux parts d'une tarte au citron meringuée qui avait échappé au carnage en règle de la mère Lectoure suffirent à leur bonheur.

Ce soir-là, Trélissac ne se manifesta pas. Séraphin soupçonna une nouvelle conquête féminine, mais Hélène refusa d'y croire.

Le lendemain, à l'heure du laitier, *La Grenouillère* fut réveillée par un étrange bruit. Théo fut le premier à se précipiter hors de sa chambre. En caleçon sur le palier, il se pencha sur la rambarde en fer forgé et découvrit, au pied de l'escalier, le cadavre mauve de Félicie Lectoure.

Avec son fauteuil roulant, la malheureuse avait dégringolé les treize marches, subissant dans sa chute les coups de ce tas de ferraille auquel elle s'était cramponnée jusqu'à son dernier soupir.

Quand Norbert apparut, il était déjà habillé, rasé, prêt à servir les petits déjeuners, ganté comme un véritable majordome.

— Ça devait arriver ! lâcha-t-il entre deux sanglots.

— C'est peut-être mieux ainsi, soupira Séraphin en protégeant Hélène de ce spectacle macabre.

Pour la première fois depuis son arrivée à Reims, Cantarel dévisagea la mère de Norbert Lectoure. Sa bouche riait aux anges. On aurait pu croire à son air réjoui que les portes du paradis lui étaient grandes ouvertes.

9

Voilà un quart d'heure que l'abbé Sotte essuyait le feu roulant des questions incisives de l'inspecteur Gayant. L'enquêteur avait surpris le prélat au sortir de son office du matin et l'avait accompagné jusque dans la sacristie. Le lieu, étroit et mal éclairé, se prêtait assez bien aux confidences. Fussent-elles forcées. Une odeur rance habitait la pièce tapissée au plafond de soyeuses toiles d'araignées, encombrée de prie-Dieu délabrés, d'ostensoirs désargentés, de crucifix démantibulés et de candélabres tout habillés de cire.

Dans une vaste armoire à plateaux, le prêtre rangeait précautionneusement ses précieux vêtements liturgiques, étoles, chasubles et toges dalmatiques.

De la paume de la main, le curé prenait soin de plisser chaque accessoire et habit brodé. Le père Sotte devait être un peu maniaque. Il ne regardait le policier que du coin de l'œil. Il le trouvait petit et sans grande éducation. Assurément, c'était un mécréant.

— Pourquoi embrassez-vous votre étole avant de la ranger ? Vous n'êtes plus en représentation, mon père !

— Sachez, inspecteur, que la foi ne s'arrête pas après la quête ou à la fin de la messe ! répliqua le curé avec son accent de Cucugnan.

— À ce degré, c'est du fétichisme ! objecta le policier en se raclant la gorge.

— Je crois que vous êtes résolument dans le camp de Satan, conclut l'ecclésiastique.

— Vous connaissez certainement, mon père, la phrase de cet homme illustre dont j'ai oublié le nom et à qui l'on demandait s'il préférait l'enfer ou le paradis.

— Je redoute le pire.

— Sans hésiter, il avait répondu : « Je crois que je préfère le paradis pour le climat et l'enfer… pour les relations ! »

Le visage du prêtre méridional s'était entaillé d'un beau sourire.

— Finalement, vous n'avez qu'une envie : retrouver là-haut tous ceux que vous avez traqués ici-bas…

— Ce n'est pas faux, marmonna Gayant dont la gorge était manifestement irritée.

« Dites-moi, monsieur l'abbé, que savez-vous de la vie de Quasimodo ? Enfin, je veux parler de sa vie intime.

— Que voulez-vous savoir ? S'il y a une Esméralda dans sa vie ? Autant vous dire d'emblée que je n'en ai pas la moindre idée.

— Vous ne lui connaissez aucune conquête ?

— Il faut bien reconnaître, concéda le curé, que la nature s'est révélée un peu ingrate avec lui.

— Quand vous dites la nature, vous voulez parler de Dieu ?

L'abbé Sotte prit un air gêné.

— Pas de femme dans sa vie ? insista l'enquêteur.

Le prêtre fit une mine désapprobatrice.

— Pas d'homme ?

Cette allusion suscita plusieurs battements de cils chez le prêtre.

— Je vous vois venir, inspecteur ! Vous soupçonnez notre organiste d'être un pédophile, un abuseur d'enfants, d'enfants de chœur, bien évidemment !

— Je me dois de n'écarter aucune hypothèse, monsieur l'abbé.

— Raphaël est un être pur, animé des meilleures intentions. Totalement étranger aux forces du mal. En vérité, je le crois assez, comment dire…

— … asexué !

— C'est ça !

— Mais n'est-ce pas le propre des anges, mon père ?

— Cessez, voulez-vous, vos insinuations !

— Comment pouvez-vous vous porter garant de son intégrité ? Sinon en trahissant le secret de la confession.

Le prêtre ferma l'armoire en bois fruitier où reposaient les habits sacerdotaux et glissa une petite clef dorée au fond de la poche droite de sa soutane.

Devant le silence de son interlocuteur, Louis-Guy Gayant se fit plus tranchant :

— Votre joueur d'orgue est quand même le seul individu à disposer des clefs donnant accès aux toits de Notre-Dame ! Je n'imagine pas le jeune Fortin et son bourreau atteindre en rappel, ou à la courte échelle, le campanile nord ! Ne m'en veuillez pas si je tire donc quelques conclusions que vous qualifierez bien sûr de hâtives. Sachez cependant, monsieur l'abbé, qu'il n'a aucun alibi. Il prétend que, la nuit du crime, il était chez lui ! Et, bien évidemment, il n'y a personne pour corroborer ses dires.

L'abbé Sotte tiqua alors qu'il prêtait une oreille faussement distraite à cet homme de la PJ qui poursuivit :

— Une femme, même de mauvaises mœurs, pourrait très vite le disculper. Mais rien ! Ses voisins prétendent qu'il est très discret. La seule chose qui résonne dans son logement, ce sont des notes de piano.

— Je vous l'ai dit, inspecteur ! Sa vie est transparente comme de l'eau de roche.

— Et les clefs, nom de Dieu, pour grimper au clocher, il n'y a que lui pour les posséder ? s'emporta le policier.

— On ne blasphème pas dans la maison de Dieu ! Gardez votre sang-froid, inspecteur ! Je ne vois guère que le secrétaire de monseigneur qui dispose d'un autre jeu et, à l'heure où nous parlons, je crains qu'il ne soit un peu rouillé.

— Comment s'appelle ce vicaire ?

— Venez au presbytère et je vous donnerai ses coordonnées. Il n'est pas vicaire mais diacre ! C'est un ancien séminariste qui a horreur qu'on lui fasse perdre son temps. Un conseil, inspecteur : renoncez à vos formules byzantines et allez droit au but !

— Merci du conseil. Ah, une dernière question : nous avons procédé à une petite étude graphologique du message anonyme qui vous a été récemment adressé. Il n'y a pas de place pour le doute…

— Vous avez identifié le corbeau ? demanda l'abbé Sotte en rajustant sa soutane à la sortie de la sacristie.

— Parfaitement ! répondit Gayant, l'air malicieux.

— Je présume que son nom m'est inconnu ! À tous les coups, c'est un disciple de Lefebvre ou bien l'œuvre d'un plaisantin.

— Ni l'un ni l'autre ! répliqua sèchement l'enquêteur.

— Une de mes ouailles ?

— En quelque sorte…

— De qui s'agit-il ? s'obstina le curé.

— À mon tour de ne pas trahir le secret, non pas de la confession, mais de l'instruction, susurra Gayant qui ne boudait pas son plaisir.

— Mais, bon sang, que voulez-vous que je vous dise ?

— Deux ou trois choses que vous soupçonnez ou qu'ont entendues vos chastes oreilles dans le « buffet à pardon ».

— Ça ! Jamais ! tempêta le représentant de Dieu alors que Ferragano s'essayait à une toccata dont il ne maîtrisait pas tous les accords.

Les couacs qui s'envolaient des tuyaux de l'orgue jetaient le trouble autant chez le policier à la gabardine mastic que chez le curé à la soutane luisante. Tout dans l'air sonnait terriblement faux.

— Suivez-moi ! ordonna le prêtre.

Gayant s'exécuta et mit ses pas dans ceux de l'abbé. Les deux hommes quittèrent la cathédrale par la porte latérale nord et se dirigèrent vers le presbytère. Le ciel était d'un bleu irréductible. La rue Robert-de-Coucy était encombrée par deux camions qui déployaient depuis leur plateau des mètres de grillage en fil de fer galvanisé.

Cantarel avait tenu à mettre rapidement les vitraux de Chagall à l'abri d'esprits malintentionnés et l'abbé Sotte était le premier à s'en réjouir.

L'installation n'était pas chose aisée et les ouvriers requis pour cette tâche devaient être de sacrés voltigeurs. Tous étaient casqués et harnachés comme des spéléologues. L'un d'eux, peut-être un peu plus pieux que ses collègues, salua le curé d'un geste révérencieux. Le curé se frotta les mains en signe de satisfaction : aux palabres succédaient enfin les actes. Fallait-il que ce Séraphin ait le bras long pour que son ministère de tutelle accepte de débloquer les fonds que Jean Taittinger, le premier magistrat de Reims, n'avait su obtenir de son conseil municipal !

L'inspecteur Gayant avait du mal à suivre les enjambées du prêtre pressé de rejoindre son presbytère. À peine avait-il sonné à sa porte que sœur Jocelyne se précipitait sur le seuil de la cure.

— Vous tombez bien, mon père. M. Cantarel vous attend dans votre bureau. Il dit avoir quelque chose à vous demander.

— Bien, bien, répliqua le curé. Suivez-moi, inspecteur.

— Vous ici ? souligna l'homme de la PJ en apercevant la silhouette de Séraphin calée dans un fauteuil Voltaire face au bureau de l'abbé Sotte.

Le prêtre invita l'inspecteur à prendre place dans un second fauteuil, dont l'appui-bras bringuebalait quelque peu.

— Méfiez-vous, cher ami, l'accoudoir est comme moi : il est un peu… vermoulu ! railla le curé en déployant ses longues jambes sous la table de travail sur laquelle il rédigeait chaque semaine ses homélies.

Cantarel observa que cet homme de belle taille portait de très petites chaussures en cuir souple qu'il ne devait cirer que deux fois par an : au solstice d'hiver et à la Saint-Jean.

— Ma sœur, seriez-vous assez aimable pour nous servir une tasse de café ?

— Pas pour moi ! fit remarquer Gayant qui, rencogné dans son voltaire, avait quelques difficultés à se donner une contenance.

— Avec plaisir ! souligna de son côté Séraphin en rajustant machinalement son nœud papillon.

— En ce cas, je ne vais pas vous retenir plus longtemps, inspecteur ! Laissez-moi vous donner la ligne de M. Delvert, le secrétaire de notre archevêque.

L'abbé Sotte enfourcha ses besicles et chercha dans un épais carnet d'adresses raturé et tacheté de graisse le numéro de téléphone en question.

— Où diable l'ai-je mis ? rognonna le curé qui peinait à se relire, tant son écriture ressemblait à des pattes de mouche, ponctuées par endroits de chiures qui avaient valeur de points ou de virgules.

Gayant et Cantarel toussotèrent en chœur, mais l'abbé Sotte ne s'était pas rendu compte de son imprécation. Il finit par trouver le numéro et pria l'inspecteur de le noter et de n'appeler qu'aux heures de bureau car « M. Delvert, précisa-t-il, est un serviteur de l'Église inflexible ».

Soudain, l'appareil en bakélite noir résonna. Sœur Jocelyne se précipita, mais l'abbé Sotte s'empressa de répondre à sa place :

— Quand on parle du loup… chanta le curé en modulant sa voix aux accents de Mistral. J'ai en face de moi l'inspecteur Gayant qui souhaiterait vous rencontrer.

Un flot de paroles s'échappa de l'écouteur.

— Une demande écrite ? Non, monsieur Delvert. Je crois que l'inspecteur Gayant peut se dispenser de cette formalité. Ce ne sera pas long, m'assure-t-il.

Le curé fit un clin d'œil au policier qui le lui rendit en caressant de son pouce et de son index son épaisse moustache à la Pétain.

Séraphin Cantarel assistait à la scène silencieux et goguenard.

— La semaine prochaine ? Je crains que l'affaire ne soit urgente, monsieur Delvert !

Le policier opina de la tête.

— Quatorze heures trente aujourd'hui, ce sera parfait !

Le curé raccrocha et soupira :

— Je vous avais prévenu, monsieur l'inspecteur. Notre diacre n'est pas du style arrangeant.

Dans la foulée, l'abbé se leva pour tendre une poignée de main qui se voulait chaleureuse. Gayant bondit alors de son voltaire en s'appuyant sur l'accoudoir fatigué. Le nabot de la police se vautra sur le parquet parfaitement ciré.

De concert, Sotte et Cantarel se précipitèrent pour relever le policier en fâcheuse posture. Grâce au ciel, il n'avait rien de cassé. Tout au plus était-il affreusement vexé. Quand il fut à nouveau campé sur ses courtes pattes, il prévint le curé de Notre-Dame en ces termes :

— Je crains que demain, monsieur l'abbé, vous n'ayez pas de musique pour votre messe du matin. Je me vois, hélas, dans l'obligation de placer votre organiste si sage en garde à vue, à moins que votre Delvert, si « inflexible », n'attire mes soupçons.

— Faites comme il vous plaira, inspecteur ! Mais sachez que le procureur de la République de Reims, M. Razet, est un fidèle de l'office du matin. Il ne vous pardonnera pas le moindre faux pas. Il voue à Ferragano un véritable culte.

— Nous verrons bien, conclut Gayant en se raclant la gorge et en boitillant comme un moineau tombé du nid.

Quand il eut tourné les talons et que ses pas crissèrent sur le gravier de la cure, les deux hommes ne purent réprimer un bel éclat de rire. L'abbé et Séraphin riaient encore quand sœur Jocelyne débarqua avec un plateau en argent où trônaient deux magnifiques tasses aux anses dorées à l'or fin.

— Ce flic est un concentré de complexes, mais je ne suis pas sûr que ce soit un mauvais bougre ! résuma Sotte.

Son ami Séraphin acquiesça en même temps qu'il sortait un havane de son étui en galuchat.

— Vous permettez, l'abbé ?

Et l'homme d'Église de glisser aussitôt sous le nez de Cantarel un épais cendrier en porcelaine à la gloire de Marie Brizard. Sœur Jocelyne grimaça et se contenta d'ouvrir en grand la fenêtre.

Le bureau du prêtre donnait sur un carré de pelouse où un magnolia exhalait des senteurs dignes du jardin des Hespérides.

— Prenez un café avec nous, ma sœur, j'aurais quelques questions à vous poser.

— Mais j'ai le déjeuner à préparer, mon père…

— Le déjeuner attendra, répliqua aussi sec le curé.

La religieuse rajusta la croix en buis qui barrait sa poitrine avant de s'asseoir en croisant les jambes sous sa tenue de moniale. Son visage était lumineux et ses yeux rieurs. Ses mains diaphanes, dont les doigts ne cessaient de s'entrecroiser, semblaient n'avoir servi qu'à la prière.

— Je vous écoute, mon père, soupira-t-elle en soutenant son regard.

— Connaissiez-vous, sœur Jocelyne, la jeune fille morte empoisonnée dans la cathédrale.

— Si c'est bien la petite Montalembert comme le prétendent les journaux, je lui ai fait le catéchisme en effet et l'ai préparée à sa communion solennelle. Elle était élève de Saint-Joseph avant que…

— Bien, bien… reprit l'abbé Sotte pour s'affranchir d'un épisode qu'il ne connaissait que trop.

— Avant que… ? insista Séraphin en pompant sur son havane dont les volutes grises auréolaient à présent le voile de la nonne.

Elle regarda son curé pour savoir si elle devait parler, lequel acquiesça d'un léger hochement de tête. Puis, tricotant des doigts, la religieuse bredouilla :

— … avant mon exclusion. On a prétendu que j'avais détourné des fonds à mon profit. À l'époque, j'étais l'économe de l'institution Saint-Joseph. Tout cela n'était que de la malveillance à mon égard, précisa-t-elle avec véhémence. Personne n'a pu apporter la moindre preuve à toutes ces allégations. La mère supérieure me détestait car je savais des choses…

— Quelles choses ? demanda Cantarel.

L'abbé Sotte baissait la tête en joignant ses deux mains comme s'il priait.

— Ce sont des choses qu'une femme ne révèle pas à des hommes. C'est trop…

— Parlez, ma sœur. M. Cantarel est un ami de notre église. Il cherche la vérité comme nous tous. Dites-lui sans crainte ce que vous m'avez confessé.

D'une voix blanche, la religieuse se mit à ânonner en fixant le petit crucifix en bronze qui se trouvait à proximité du plumier où l'abbé Sotte concentrait sa collection de stylos.

— Par le passé, balbutia la moniale, certaines de notre communauté, deux d'entre elles tout au moins, ont fauté et…

— Et… ? insista le conservateur.

— … et ont eu recours clandestinement à une faiseuse d'anges…

— Je vois ! conclut Séraphin en déposant un bouchon de cendre grise dans son cendrier.

L'abbé Sotte reprit la parole :

— Nous avons souhaité éviter le scandale. Aussitôt, j'ai proposé que sœur Jocelyne vienne à mon service. Cela tombait bien : Madeleine, ma servante, était condamnée à l'hospice. Ses rhumatismes la faisaient trop souffrir. C'est donc notre sœur qui l'a remplacée et, chaque jour, je bénis le Ciel de ce choix !

La religieuse laissa échapper un léger sourire tout en continuant à se frotter les mains.

— Quand vous dites : « Nous avons voulu éviter le scandale », mon père, cette mutation, c'est une de vos idées ?

Le prêtre prit un air embarrassé et agita frénétiquement ses souliers crottés et mal cirés.

— Pour tout vous dire, c'est une idée de Delvert.

— « L'inflexible Delvert » ! reprit Séraphin avec un air satisfait. Revenons-en à la petite Montalembert, quel style de fillette était-elle ?

— Elle est issue d'un bon milieu, s'empressa de préciser sœur Jocelyne. Les Montalembert appartiennent à l'aristocratie du champagne. Séverine, l'aînée des enfants, donnait un peu de fil à retordre à ses parents. C'est la raison pour laquelle elle avait été placée en pension. Un peu rebelle aussi. Cabocharde. Elle avait un côté…

— Un côté ? demanda l'abbé Sotte.

— Comment dire, mon père... Un côté sainte-nitouche, vous voyez ce que je veux dire.

— Quant vous avez appris que c'est elle que l'on avait retrouvée empoisonnée dans le confessionnal, cela ne vous a-t-il pas étonnée ? questionna Séraphin.

La nonne se signa avant d'assener un jugement qui se voulait définitif :

— C'était une fille de Satan !

— Voyons, sœur Jocelyne, comment pouvez-vous affirmer une chose pareille ?

— Je vous demande de me croire, mon père !

Et la religieuse se leva aussitôt de sa chaise.

— Puis-je me retirer à présent, sinon votre gigot risque de ressembler à du caramel !

— Allez-y, ordonna le curé. Et mettez un couvert de plus : M. Cantarel est mon invité.

L'intéressé savoura cette invitation. Il savait l'abbé Sotte fin gourmet et se dit qu'il avait dû se renseigner sur les talents de cuisinière de la moniale avant de s'arroger ses services. Le repas qui suivit confirma ses intuitions. Il fallut deux bonnes heures pour que les deux hommes viennent à bout d'un court-bouillon, d'un pâté du Périgord, d'un gigot d'agneau accompagné d'une purée truffée, d'un époisses à pâte onctueuse et d'une crème de riz au lait parfumée à la cannelle. Le curé accompagna ce menu d'un pouilly-fuissé de sa cave, suivi, à l'heure du café, d'un marc de mirabelle à réveiller un mort.

Pour soulager sa conscience et, plus encore, son estomac, l'abbé Sotte invoqua le début des travaux visant à protéger les vitraux de Chagall. L'événement méritait d'être fêté à sa juste mesure. Jamais l'État n'avait fait preuve d'autant de diligence et de célérité dans la protection de son récent patrimoine. Cela autorisait bien qu'on lève le verre à la santé de l'artiste retourné à Saint-Paul-de-Vence.

Dans un moment de lucidité, le curé baragouina un semblant de prière pour le repos de l'âme de ces deux adolescents à qui « deux êtres malfaisants avaient ôté la vie de la manière la plus odieuse qui soit ».

— Sans vouloir vous contrarier, mon père, rien ne prouve à cette heure qu'il ne s'agisse pas de la même personne, objecta Séraphin.

— Vous avez raison, après tout, convint le prêtre en reposant le verre à liqueur aux délicats parfums de mirabelle d'Alsace.

Les deux hommes se perdaient en conjectures et dans les vapeurs d'alcool quand la sonnerie stridente du téléphone envahit le presbytère. C'est sœur Jocelyne qui décrocha et fit aussitôt irruption dans la salle à manger :

— C'est mon… monseigneur, bégaya-t-elle. Il demande à vous parler d'urgence.

L'abbé Sotte se réfugia dans son bureau tandis que le conservateur s'octroyait une lichette de marc de mirabelle en même temps qu'il venait à bout de son havane aux arômes de cuir.

Quand le curé réapparut, il était écarlate, comme prêt à s'étrangler. Cantarel tenta de le calmer en lui servant une nouvelle goutte.

— L'archevêque est furieux ! Il vient d'apprendre que la police est dans ses murs, à l'évêché, et que Ferragano vient d'être placé en garde à vue et que…

— Et que… ? demanda le conservateur.

— Et que Gomort, le vendeur de bondieuseries de la cathédrale, est l'auteur du message anonyme que j'ai reçu. On nage en plein cauchemar, mon pauvre Séraphin !

Regardant le ciel si bleu par-dessus les toits de sa cure, l'abbé Sotte eut cette phrase que l'on prête au Christ sur la croix :

— Pourquoi, Seigneur, m'as-tu abandonné ?

10

À peine Mme Lectoure avait-elle quitté ce bas monde que les Cantarel proposaient à Norbert de quitter les lieux afin de respecter son chagrin et le deuil qui affectait la pension de famille de la rue Saint-Symphorien. L'hôtelier avait refusé catégoriquement. L'établissement ne comptait que peu de clients. Ainsi, avec ses rares pensionnaires, il se sentirait moins seul. Norbert avait horreur de la solitude.

Ce fut l'abbé Sotte en personne qui vint bénir la dépouille de sa mère et fixer la date des obsèques. La bigote méritait bien quelques égards, elle qui se révélait si généreuse à la quête, le dimanche. Et puis il faut rappeler qu'elle officia longtemps comme chaisière à la cathédrale. C'était au temps où, selon son rang, on négociait âprement sa place dans la nef de Notre-Dame. Il fut donc décidé que la cérémonie aurait lieu à huit heures trente le lendemain. Sans fleurs ni couronnes. L'avis d'obsèques parut dans l'édition de *L'Union de Reims* ainsi rédigé :

Norbert Lectoure, son fils,
et Lazarine Louveciennes
ont la tristesse de vous faire part du décès accidentel
de Mme Félicie Lectoure,
née Louveciennes, dans sa soixante-douzième année.
Les obsèques auront lieu en la cathédrale Notre-Dame de Reims à huit heures trente.
Requiescat in pace.
La Grenouillère, 10 rue Saint-Symphorien, Reims

Théo était réapparu au moment où l'on mettait la vieille Lectoure en bière. Dans le salon de *La Grenouillère*, il s'était livré auprès de son patron au compte-rendu de ses activités. Il faudrait bien trois jours pour que les grilles de protection recouvrent les ouvertures où étaient enchâssés les vitraux de Chagall. Détail annexe : un des fourgons de l'entreprise en charge de cette délicate installation avait eu deux pneus crevés en plein jour !

L'auteur de cet acte avait opéré lors de la pause du déjeuner. Séraphin Cantarel eut, si besoin était, la confirmation des craintes qu'il avait ouvertement exprimées auprès des pouvoirs publics. Il existait dans cette ville des êtres farouchement hostiles à l'œuvre du peintre. À moins que ce ne fût Gomort en personne qui s'exerçât à ce type de malveillance comme il l'avait fait grossièrement avec sa plume ? La chose était peu probable car, une bonne partie de la journée, il dut répondre de ses écrits auprès de l'adjoint de Gayant. L'interrogatoire eut lieu dans les locaux du commissariat de police, boulevard Louis-Roederer. Entre-temps, Théo avait rôdé en ville et s'était rendu chez l'herboriste sans grand succès.

Il s'était contenté d'une tisane pour lutter contre le rhume des foins.

— Tisane d'ortie ? demanda Cantarel d'un air amusé.

— Comment vous savez ça, patron ?

— Je sais, tout simplement. Mais il y a aussi les feuilles de chou ou la pétasite qui…

— La quoi ?

— La pé-ta-si-te ! Oui, je sais, tout le monde n'en a pas sous la main, mais c'est très efficace pour ce genre d'allergie ! J'ignorais que vous étiez atteint de ce bobo, Théo. Vous qui, d'habitude, avez le nez creux et une fâcheuse tendance à vous rouler dans le foin dès qu'il y a une jeune fille dans les parages !

— Non, mais c'était un prétexte, patron, pour voir la tête du père de l'empoisonneur !

— Peine perdue, je parie ?

— Exact. J'ai eu droit à un cours de botanique par une vieille pie.

— Une femme à lunettes, plutôt stricte et très directive dans ses conseils ?

— Vous la connaissez ?

— Vaguement, répondit le conservateur sur un ton évasif.

— Vous devriez y faire un tour, monsieur le conservateur. C'est un bijou, cette boutique ! Elle mériterait d'être classée : pur XVIIIe ! Elle est toute dans son jus.

— C'est une idée, Théo ! On ne songe qu'à protéger les pierres. Vous pourriez me faire un rapport sur la question ? Ancienneté, authenticité, singularités.

— Dès demain, patron !

— Au fait, Théo, qu'est-ce que vous avez fait cette nuit ? J'ai essayé à plusieurs reprises de vous téléphoner. En vain. Vous avez découché comme d'habitude ? Moi qui vous croyais amoureux…

— Non, non, monsieur Cantarel, ce n'est pas ce que vous croyez.

— Moi, je ne crois rien : j'observe et j'en déduis que…

— Vous n'y êtes pas. Je ne voulais pas vous en parler, mais puisque vous m'y obligez…

— L'heure est aux confidences ou aux confessions ? ironisa Séraphin.

— Vu ce qui se passe dans les confessionnaux ici, je préfère m'abandonner à quelques confidences.

— Asseyez-vous, je vous en prie. Mais qu'avez-vous fait à vos mains, Théo ? Vous êtes couvert de pansements. Vous êtes allé à la fête foraine, au « casse bouteille » ?

En l'absence de Norbert, le conservateur, comme il l'avait fait la veille, passa derrière le bar de *La Grenouillère* et empoigna une bouteille de calvados. Il fit agréablement chanter le bouchon, plongea son nez dans le goulot, avant de déclarer :

— Que le paradis accueille en son sein celle qui dort là-haut.

Le conservateur leva les yeux au plafond avant de dégoter deux verres dans lesquels il versa quelques gouttes d'une eau-de-vie du pays de Bray.

Alors que quelques rares Rémoises rendaient une ultime visite à la défunte, Cantarel et Trélissac devisaient dans le petit salon.

— Vos nuits ont toujours été plus belles que vos jours, alors, racontez-moi, Théo, celle qui a succombé à vos charmes, si toutefois la décence le permet.

— Arrêtez de me charrier, monsieur ! Si je vous dis que…

— Au fait, au fait, mon garçon !

— Eh bien, j'ai pisté le colonel, confia le jeune homme en baissant le timbre de sa voix comme s'il se sentait épié.

— Et alors ?

— Je n'ai pas été déçu.

— C'est-à-dire ?

— À dix-neuf heures quarante-cinq, il a quitté le *Café du Palais* en compagnie d'une jolie fille, bien plus jeune que lui.

— Quel âge ?

— La trentaine. Brune. Beaux yeux en amande, tailleur prune, talons aiguilles. Style Sophia Loren à ses débuts, vous voyez ce que je veux dire ?

— Je vois… murmura Séraphin. Bras dessus, bras dessous ?

— Non, mais ils riaient beaucoup. On les sentait très complices. Je pense qu'ils avaient pas mal picolé tous les deux.

— Puis il l'a raccompagnée chez elle ? suggéra Cantarel.

— Pas exactement.

— Chez lui, alors ?

— Non. Ils avaient rendez-vous dans un hôtel particulier de la rue Camille-Lenoir.

— Chez qui ?

— Me Loriot.

— Avocat ?

— Commissaire-priseur !

— Jusque-là, rien de bien répréhensible ! À moins que vous n'ayez joué à la petite souris ?

— Bel immeuble cossu. Porte cochère. Accueil avec valet en livrée.

— Un garçon en livrée à Reims, en 1974 ? Mais, dites-moi, Théo. C'était un bal masqué ou bien alors une… partouze ?

— Comment vous avez deviné ? s'offusqua Trélissac, dépité par les capacités de déduction de son chef.

— La province révèle parfois de ces travers… soupira le conservateur en buvant cul sec son calvados. Racontez, Théo ! Tout cela est terriblement excitant.

— Je n'ai pas l'imagination aussi féconde que la vôtre, monsieur, mais tout cela m'a intrigué. De la rue, on ne pouvait rien voir ! Les tentures étaient tirées, juste quelques rais de lumière par les jalousies. Si bien que…

D'autorité, Séraphin s'était versé une autre rasade d'eau-de-vie alors que Théo n'avait pas encore porté son verre à ses lèvres. Trélissac fut invité à poursuivre sans délai son récit :

— Je me suis dis qu'il y avait peut-être un jardin à l'arrière de l'immeuble. J'ai fait le tour du pâté de maisons, grimpé à un poteau électrique pour voir la topographie des lieux et j'ai fini par escalader un mur hérissé de tessons de bouteille. Putain, je me suis niqué les doigts !

Trélissac ouvrit alors ses deux mains. Ses paumes étaient en charpie, couvertes de gazes.

— Vous êtes sûr que vous avez bien désinfecté toutes ces plaies ? Vous êtes vacciné contre le tétanos, au moins ?

— C'est bon, patron. J'suis pas une gonzesse ! Juste quelques bobos…

Cantarel grimaça. Il avait une sainte horreur du sang. Toutefois, sa curiosité l'emporta sur sa sensiblerie excessive.

— Vous avez pu pénétrer à l'intérieur de la propriété de Me Floriot ?

— Loriot ! corrigea l'assistant.

— OK ! Et alors ? demanda Séraphin, impatient.

— Derrière l'hôtel particulier, il y a un superbe parc, en effet, avec des cèdres du Liban magnifiques et tout un labyrinthe de buis ! Et puis, toute une ribambelle de statues antiques ! Pardonnez-moi, mais je n'ai pas pu vérifier si c'était des copies. Croyez-moi, patron, j'étais en bonne compagnie ! Pour la première fois de ma vie, j'ai pu caresser les fesses d'Aphrodite, Clio et… Euterpe !

— Quel privilège ! ironisa Cantarel.

— Dans la pénombre, je crois que j'ai même touché le sexe de… Hermès !

— Je savais bien, Théo, qu'un jour, vous vireriez votre cuti !

— Ne déconnez pas, patron, je n'en menais pas très large.

— J'imagine… Alors ? Bal masqué ou partie fine ?

— Un peu des deux, je crois…

— Vous croyez ou vous avez vu ?

— Enfin, c'est-à-dire que… tempéra Trélissac qui ne savait par quel bout entamer le récit de son odyssée nocturne.

— Théo, vous m'avez habitué à un peu plus de clarté dans vos rapports. Mis à part votre intrusion dans ce parc, avez-vous été témoin de quelques bizarreries ou faits répréhensibles aux yeux de la loi, ou tout au moins de la morale ?

— Pour tout vous dire, les persiennes étaient fermées également côté parc, mais l'une d'entre elles était mal crochetée. J'ai pu entrevoir un peu de ce qui se passait à l'intérieur.

— Et alors ?

— C'était un grand dîner aux chandelles dressé sur une immense table ovale avec, je ne vous raconte pas, des verres en cristal, des candélabres. On se serait cru à…

— … à Versailles, plaisanta Cantarel.

— Vous avez vu *Barry Lyndon* au cinéma, patron ? Le conservateur fit une moue qui attestait de quelques lacunes en matière de septième art.

— Dommage, c'était tout à fait ça ! Sauf que là, tous les invités portaient des masques comme à Venise. Les femmes comme les hommes.

— Les hommes avaient-ils des tricornes ? questionna Séraphin à l'imagination féconde.

— Exactement.

— Et les femmes ?

— Elles avaient les plus beaux masques. Certains en plumes de jais ou de cygne, d'autres en dentelle, d'autres entièrement pailletés. Les hommes, eux, avaient des masques de loup noir, deux ou trois avaient un faux nez. Vous auriez vu la tête du colonel !

— Tout ce petit monde devait terriblement s'amuser ? anticipa Cantarel d'un air gourmand.

— J'ai l'impression que, très vite, la fête a tourné à…

— À l'orgie ?

— Les invités n'en finissaient pas de picoler. Tout au champagne !

— C'est le moins que l'on puisse faire à Reims ! Laissez-moi imaginer, Théo. Je suppose que le service était assuré par des jeunes hommes très stylés, triés sur le volet pour leurs atours et leur sens du raffinement.

— Vous parlez d'un raffinement… Pour les vins, c'était des gars en smoking avec nœud pap', plastron et sans chemise !

— Vous voulez dire torse nu ? s'étonna Séraphin.

— Exactement.

— Et pour les plats ?

— Des nanas, je ne vous dis pas : roulées comme des poupées bulgares. Habillées en soubrettes et perchées sur des talons aiguilles.

— Chemisiers échancrés avec vue sur le Vésuve et l'Etna réunis ? persifla Séraphin.

— Comment vous savez ça, monsieur ?

— C'était une soirée libertine, Théo, avec un personnel recruté, à n'en pas douter, auprès d'un cabaret parisien qui se fait quelques extras en province. Cette ville n'est qu'à cent trente kilomètres de Paris !

— Vous êtes sérieux, patron ?

— Pensez-vous, mon garçon, que votre Loriot a dégotté sur place, à Reims, un personnel de maison composé exclusivement de jeunes filles peu farouches avec des seins semblables à des obus de 14-18 et de gaillards qui vous montrent leurs pectoraux comme d'autres ouvrent leur braguette ? C'est fou ce que vous êtes naïf, parfois…

— En tout cas, ils étaient tous très excités. Ça buvait comme des trous et mangeait comme des chancres !

— En dépit de leurs masques, seriez-vous capable de reconnaître chacun d'entre eux ? demanda Cantarel sur un ton qui se voulait très solennel.

— Vous plaisantez, j'espère ! Mis à part le colonel, je ne connaissais personne ! C'étaient des huiles locales en mal de « libertinage », pour utiliser votre vocabulaire ! Il devait bien y avoir dans le lot un avocat corrompu, un notaire véreux, un procureur de la République à la retraite et un antiquaire pédéraste…

— Tout de même, Théo, un peu d'indulgence vis-à-vis de cette bourgeoisie de province qui s'ennuie à mourir au point d'abuser des jeunes filles et des petits garçons entre deux Ave Maria et un Pater noster.

Et Séraphin de satisfaire son appétit à coups de questions de plus en plus précises :

— Je présume que tout cela a dû se terminer au salon, sur des sofas qui ont accueilli des ébats des plus torrides. Vous avez dû vous rincer l'œil, mon Théo ?

— Pas du tout. Si partouze il y a eu, cela s'est passé dans les étages et, pour ne rien vous cacher, je n'ai pas fait le pied de grue jusqu'à l'aube pour identifier tous les acteurs de cette soirée vénitienne.

— C'est bien regrettable, jeune homme ! À un moment ou à un autre, les masques ont bien dû tomber ?

— J'avoue que cela ne m'aurait pas déplu. Pas que les masques, d'ailleurs… plaisanta Théo en portant aux lèvres ce calvados qui exhalait d'entêtantes odeurs de pommes confites.

De celles qui engendrèrent le péché originel dès la création du monde.

— Dans votre description, Théo, il manque nécessairement un détail : la musique ! Il ne peut y avoir de soirée vénitienne sans musique. Je doute que ce Loriot, aussi fortuné soit-il, ait convoqué un orchestre de… chambre !

En même temps qu'il se livrait à quelques supputations, le conservateur en chef des Monuments français jouait avec les mots. Hélène aurait apprécié ses traits d'humour. Hélas, elle se faisait attendre. Mais où diable était-elle allée ?

— Vous ne croyez pas si bien dire, monsieur. Dans un coin du salon, il y avait une épinette. Une vraie, en bois peint !

— Un authentique clavecin, Théo ?

— En tout cas, il sonnait juste !

— Et qui était au clavier ?

— Je vous le donne en mille, patron !

— Quasimodo ?

— Exact ! Reconnaissable entre mille !

De concert, Cantarel et Trélissac posèrent leur verre sur le guéridon. Séraphin avait froncé ses sourcils comme chaque fois qu'il était contrarié. L'organiste de Notre-Dame n'était donc peut-être pas aussi sage et aussi pieux qu'il le prétendait. Servait-il de bouffon à cette bourgeoisie prête à s'encanailler ou menait-il une double vie ? Les soupçons de Gayant étaient peut-être fondés.

— Résumons-nous, Théo ! De votre planque, vous n'avez reconnu que deux individus : le colonel et Raphaël ?

— J'ai juste un doute pour un troisième, mais je ne pourrais être affirmatif car, durant tout le dîner, je n'ai vu que son dos. Superbe au demeurant !

— Cessez de jouer avec mes nerfs, voulez-vous ? Il ne peut s'agir que d'une femme avec un beau décolleté.

— Hélas, son grain de beauté à la hauteur de son épaule gauche, juste sous la clavicule, et le début de scoliose qui caractérise son chapelet de vertèbres ne me permettent pas une identification irréfutable !

— Juste quelques soupçons, susurra Cantarel qui leva son verre pour vider la dernière goutte de calvados qui colorait son dé à coudre en faux cristal.

— Elle avait un très beau port de tête et un collier en perles à trois rangs. Le fermoir était en or et, détail qui tue, son chignon était tenu par deux épingles à cheveux en perle nacrée. Voilà ce que je peux vous dire, chef.

— Qui était à ses côtés ? demanda Séraphin.

— Un homme corpulent au rire gras qui, à plusieurs reprises, a glissé sa main dans le dos de la sclérosée. Celui qui dînait à sa droite n'était pas moins entreprenant, jusqu'à glisser ses mains velues au bas de sa cambrure.

— Badinage et libertinage, c'est ce que je vous disais, Théo ! À qui donc vous fait penser cette mystérieuse inconnue ?

— On aurait cru la femme qui soigne le « mal de Reims ». La tisanière, si vous préférez !

— Vous êtes sûr ?

— Non ! C'est pour cela que je vous dis : sous toutes réserves, patron.

— Réflexion faite, je l'imagine assez bien dans une soirée de débauche ! J'ai appris à me méfier des femmes très strictes et un rien autoritaires. Peut-être est-elle la maîtresse de l'herboriste ? Il faut en avoir le cœur net... Le classement de la boutique de ce potard devrait, je pense, nous éclairer.

Dans l'escalier de l'entrée de *La Grenouillère,* deux femmes éplorées se cramponnaient à la rampe. Norbert les raccompagnait avec la mine de circonstance, en les remerciant de leur visite.

— Elle nous a quittées si précipitamment, pleurnichait la première.

— C'était une sainte femme ! renchérit l'autre, en embrassant le fils Lectoure comme s'il eût été de sa famille.

Le célibataire singea la tristesse et se ressaisit dès que les deux vieilles eurent passé le seuil de la pension de famille.

Cantarel et Trélissac firent comme s'ils n'avaient rien vu de cette comédie du chagrin qui sentait l'oignon dans la poche et le mouchoir bien trop humide. Ils poursuivirent leur conversation comme si de rien n'était.

— Vous qui êtes féru de cinéma, Théo, allez voir le film de Luis Buñuel : *Le Charme discret de la bourgeoisie*… il doit bien y avoir une petite salle du quartier Latin qui le passe encore.

— Pourquoi donc ?

— On y voit en une heure trente ce que vous avez voulu savoir en cinq minutes par le trou de la serrure, ou plus exactement entre deux volets entrebâillés !

La perplexité de Théo se lut sur son front. C'est alors que Mme Cantarel surgit dans l'entrée de *La Grenouillère*, les bras chargés d'emplettes. Sous le gauche était emballé un objet rectangulaire d'assez grand format qu'elle serrait contre son corps comme si la chose était précieuse. Au bout de sa main gauche pendait un sachet en papier où était imprimé un caducée vert qu'elle tendit d'office à l'assistant de son mari :

— Tenez, c'est pour vous, Théo. Il vous faut refaire vos pansements. Vous n'êtes pas à l'abri d'une infection !

Séraphin regarda son épouse, médusé :

— Parce que toi, tu étais au courant des exploits nocturnes de mon collaborateur ? J'ai l'impression d'être la dernière roue du carrosse.

Hélène ne répliqua pas et embrassa son mari sur les lèvres pour l'empêcher de proférer d'autres reproches.

— Et puis, ça, c'est pour toi !

Mme Cantarel remit entre les mains de son époux le paquet volumineux, mais plutôt léger.

— Cadeau ? demanda Séraphin, la mine rassurée.

— Cadeau ! confirma Hélène.

En ôtant le papier kraft qui servait d'emballage, le conservateur put lire sur une étiquette adhésive : *Galerie d'art – Antiquités & Peintures – Winnie du Moriez, 33 rue du Tambour – Reims*.

— Quelle folie as-tu faite encore, ma chérie ?

Hélène Cantarel se taisait et guettait la surprise dans les yeux de son Séraphin.

À peine le tableau était-il débarrassé de son papier de protection que le conservateur fut interloqué. Complètement muet, comme statufié par ce qu'il avait entre les mains. Mari et femme se regardaient comme si l'achat de cette œuvre était improbable. Bien sûr, Séraphin n'avait pas eu à regarder la signature pour se convaincre de l'identité de l'auteur de cette peinture. Certes, il ne connaissait pas l'existence de ce tableau, mais il avait parfaitement localisé le lieu qui avait inspiré l'artiste.

— Marquayrol[1] ! clama Cantarel, la larme à l'œil.

Théo était ému par cet amour indicible qui liait tendrement son patron à Hélène. Il ne savait que faire de ses doigts meurtris au point de ne pouvoir les croiser.

1. Marquayrol est le nom de la propriété où résida à Labastide-du-Vert (Lot) le peintre Henri Martin (1860-1943). Cette somptueuse propriété, située dans un cadre enchanteur, fut son Giverny.

Ce bonheur subit était presque indécent au regard de la défunte qui, à la lumière d'un cierge, n'attendait plus, à l'étage du dessus, que le couvercle du cercueil pour se soustraire à la vue de ceux qui la croyaient infiniment charitable.

— Un Henri Martin ! Ça n'est pas pensable… ne cessait de répéter Cantarel en contemplant son tableau au format très honorable : 66 sur 88 centimètres.

On y voyait une jeune fille habillée de rose, le regard pensif, penchée sur un bassin où se reflétaient des lauriers-roses et des géraniums. Bien sûr, le peintre s'était inspiré de son jardin de Labastide-du-Vert, pour traduire au bout de son pinceau l'innocence de l'enfance. Séraphin, qui avait été, au début de sa carrière, conservateur du musée Henri-Martin à Cahors, ignorait tout de l'existence de ce tableau. Par quel mystère et quel heureux hasard avait-il échoué dans la galerie de Winnie ?

Le cadeau d'Hélène était d'une valeur inestimable et l'œuvre d'une facture irréprochable. Henri Martin était alors à l'apogée de son art. Même si le tableau n'était pas daté, le XIXe siècle avait déjà atteint son crépuscule et le peintre du Quercy, à la façon d'un Monet ou d'un Sisley, appréhendait la lumière et la nature comme ses semblables, qu'on qualifia alors d'impressionnistes.

— Regarde, Hélène, toute l'innocence du monde est contenue dans ce visage d'enfant.

Quand quatre hommes firent irruption dans l'entrée de *La Grenouillère*, Cantarel s'empressa de cacher le tableau comme s'il s'agissait d'une œuvre volée ou d'un objet compromettant. Le quatuor était habillé de noir et chacun de ses membres affichait une tête de croque-mort.

Le plus jeune demanda poliment à Théo :

— Service des pompes funèbres de Reims. Pouvez-vous nous indiquer où se trouve la regrettée défunte ?

D'un mouvement de la tête, Trélissac indiqua le haut de l'escalier en chêne qui avait été fatal à la mère de Norbert.

Son regard croisa celui d'Hélène, puis celui de Séraphin. Le trio fut soudain pris d'un fou rire irrépressible.

Et les trois vidèrent en chœur la bouteille de calvados en souhaitant que Félicie connaisse, aussi, les feux de l'enfer.

Durant tout le temps que durèrent ces libations, Séraphin n'en finit pas de contempler son Henri Martin et d'en caresser le cadre en acajou, style Art nouveau, signé Henri Bellery[1].

1. Henri Bellery-Desfontaines (1867-1909) fut peintre, illustrateur, mais aussi décorateur très inspiré par l'Art nouveau.

11

À l'examiner de près, Gomort était un personnage répugnant. L'inspecteur Gayant se tenait à distance de son suspect. Un bureau métallique les séparait, mais la mauvaise haleine du bibelotier de Notre-Dame paraissait empester tout le commissariat du boulevard Louis-Roederer. Aussi, l'enquêteur avait-il ouvert en grand la fenêtre, laquelle donnait sur quelques marronniers qui agitaient leurs candélabres blancs. Précisons que si Gomort avait eu quelques velléités de s'enfuir, il se serait heurté à huit épais barreaux ; lesquels atténuaient la lumière dans cet hôtel de police sinistre dont la décoration se limitait à quelques affiches publicitaires de vénérables maisons de champagne.

Le goitre de Gomort dépassait de son col de chemise ensanglanté. Manifestement, cet homme n'avait jamais su se raser. Son cou de bœuf supportait une tête presque carrée et une touffe de cheveux gras lui tenait lieu de coiffure. À l'aide d'un catogan, il avait réuni sur sa nuque quelques-uns de ses fils argentés qu'il lustrait à la brillantine. Ses yeux étaient petits et gris. Ses lèvres, pareilles à des ventouses, se mouvaient sans cesse pour signifier le dégoût ou, *a contrario*, un appétit de goinfre insatiable. Ses joues étaient ravagées par des favoris mal taillés. Ses vêtements étaient à l'avenant : crasseux aux manches, tachés à la hauteur de la panse, et mal taillés au regard de sa carcasse de pachyderme. Sa bedaine était visible au travers de sa chemise, à laquelle il manquait nombre de boutons.

Au risque de noircir le portrait de cet individu qui vivait le plus clair de ses jours dans la pénombre de sa cahute à l'entrée de la cathédrale, au milieu de ses cartes postales, de ses médailles et autres bondieuseries, il faut ajouter que Gomort sentait cette affreuse odeur de pisse qui caractérise les incontinents. Bref, le spectacle qui s'offrait à Gayant n'avait rien de ragoûtant. Aussi entendait-il bâcler son interrogatoire.

— Pourquoi nier l'évidence ? insista l'inspecteur. Les graphologues sont formels !

— Je suis un honnête homme, monsieur ! Habité par la foi… et la morale !

— Votre croyance n'est pas en cause, monsieur Gomort ! Ce sont vos agissements qui sont suspects. Pourquoi avoir, nom de Dieu, envoyé cette lettre anonyme à l'abbé Sotte ? Que lui reprochez-vous ?

— Je n'ai rien fait, vous dis-je ! Je n'ai pas d'instruction, même pas mon certificat d'études. Je dois tout à Mgr Marty. C'est lui qui m'a fait avoir ce poste.

— En français, vous n'êtes pas très mauvais. Pas une seule faute d'orthographe dans votre petite bafouille. Et, en calcul, vous vous débrouillez assez pour détourner chaque jour quelques francs au détriment du clergé.

— C'est cela : accusez-moi aussi de voler tant que vous y êtes !

— Vous tenez une double comptabilité, n'est-ce pas ? Oh, certes, pas de quoi s'enrichir, mais suffisamment pour démontrer que vous n'êtes pas l'homme intègre que vous prétendez être !

— Comment pouvez-vous avancer une chose pareille ?

— Tout simplement parce qu'elle n'est pas très éloignée de la réalité. Vous allez devoir très vite rendre des comptes à Delvert qui, d'après ce que j'en sais, est un homme inflexible quand il s'agit de chiffres !

D'épaisses gouttes perlaient à présent sur le front de Gomort. D'un geste las, il les épongeait avec un mouchoir à l'hygiène douteuse tout en grimaçant. L'homme respirait de plus en plus difficilement. Comme tous les obèses en proie à quelque émotion, on aurait dit qu'il allait suffoquer. Il réclama un verre d'eau. Une requête à laquelle accéda volontiers le policier.

Dans son interrogatoire, l'inspecteur Gayant procédait par injection douce. Sans crier gare, il bâtissait le chef d'inculpation à la façon des vieux renards de la PJ : avec méthode et néanmoins une certaine dose de perversité. Une audition toute simple, presque de routine, pour entendre l'auteur présumé de lettres anonymes. Rien qui ne trouble l'ordre public car, jusqu'à présent, il n'y avait pas eu mort d'homme. Tout au moins dans cette affaire. Uniquement des menaces de la part d'un groupuscule qui se revendiquait de l'Opus Lux, aux motivations très floues. Et puis venait déjà s'y ajouter le délit de détournement de fonds…

Avec sa stature de pot à tabac en nage, Gomort n'était plus l'homme qui terrorisait les enfants à l'heure du catéchisme et soufflait de grands « chuuuuuuut » quand, pendant les offices, des touristes parlaient trop fort ou ne maîtrisaient pas leur marmaille.

L'œil perçant, caressant sa moustache cendreuse, Gayant ne le lâchait pas du regard. Quand il eut englouti son verre d'eau, le policier planta l'estocade.

— Si je ne m'abuse, monsieur Gomort, vous êtes veuf ?

— J'ai perdu ma Lucienne, voilà six mois maintenant. La vie sans elle me semble terriblement… cruelle !

— Étonnant pour un croyant comme vous ! objecta l'inspecteur. Le paradis vous est promis tout là-haut… Ah, la Jérusalem éternelle !

Gayant avait à présent posé ses deux mains sur son bureau. L'une rejoignait l'autre dans une symétrie parfaite à la hauteur du menton et il s'amusait à esquisser ce qui ressemblait à une nef parfaite ou à la coque d'un bateau à l'envers. Comme s'il voulait faire passer son suspect sous les fourches caudines de ses sourdes intuitions.

— De quoi est-elle morte, déjà ? demanda Gayant d'un air badin.

La face rubiconde de Gomort vira au rouge pivoine. Et son goitre parut décupler. Il exigea un nouveau verre d'eau en invoquant une déshydratation chronique. Gayant fit mine de croire à ce diagnostic et usa de sa carafe d'eau avec un rien de préciosité.

— Un arrêt cardiaque, en plein jour, juste après le repas, concéda le suspect.

— Vous n'avez pas tenté de la réanimer ?

— C'était déjà trop tard.

— Le décès a été constaté par un médecin ? s'assura le policier.

— Non, inspecteur, par l'abbé Sotte. Il n'a pas eu le temps de lui donner l'extrême-onction !

— Votre médecin de famille est-il toujours le Dr Duchêne ?

— Oui, euh… Absolument !

— La mort de votre épouse l'a beaucoup étonné car, selon ses dires, votre femme avait un cœur de jeune fille. N'a-t-elle pas été plutôt…

— Plutôt… ? répéta Gomort, liquéfié.

— … empoisonnée ? déclara Gayant en plantant ses yeux de souris dans ceux de cet entripaillé dont les lèvres étaient déjà couvertes de bave.

— Vous n'êtes pas sérieux, inspecteur ? se récria le ventripotent, qui concentra ses efforts dans ses avant-bras comme s'il souhaitait s'extraire du fauteuil dont il était, bien malgré lui, prisonnier.

— Calmez-vous, Gomort ! Un peu d'eau ?

— Si j'ai bien compris, vous êtes en train d'insinuer que j'aurais empoisonné ma Lucienne ?

— Je n'ai rien dit de cela, rectifia Gayant, imperturbable. Tout au plus que votre femme pourrait avoir été empoisonnée. Pourquoi donc vous sentez-vous visé ?

— De là où elle est, elle doit bien rire de vos accusations, inspecteur ! ricana Gomort en montrant sa dentition chevaline.

— Vous voulez parler du paradis ou du cimetière où elle repose ? questionna le policier, embarrassé.

— Elle ne repose nulle part : Lucienne a été incinérée.

— C'était son vœu le plus cher, je présume ?

— Oui, répondit timidement le gros bonhomme.

— C'était aussi le moyen le plus sûr de ne laisser aucune trace compromettante. Une autopsie aurait été si mal venue ! ironisa Gayant en lissant sa moustache.

— Voyez bien que vous m'accusez ouvertement !

— Apportez-moi la preuve que votre femme souhaitait être réduite en cendres et je serai plus enclin à vous croire sur parole.

La position de Gayant restait identique : doigts joints aux extrémités, coudes repliés sur le bureau. Sa silhouette était parfaitement symétrique et son regard de plus en plus fixe.

Sur le boulevard Louis-Roederer, un vent léger faisait onduler les feuilles des marronniers. Tout à coup, une ambulance fit résonner son deux-tons. À moins que ce ne fût un camion de pompiers ? Gomort sursauta.

— Depuis quand connaissez-vous le colonel de La Roquette ? demanda tout à trac le policier.

— Depuis qu'il est à la retraite…

— C'est-à-dire ?

— Depuis cinq ou six ans peut-être…

— Quelles sont vos relations ?

— Ce qu'il y a de plus sympathique.

— Est-ce la foi qui vous réunit, ou votre passion pour les figurines ? Vous avez en commun le goût des soldats de plomb, n'est-ce pas ?

— Entre autres dadas, en effet !

— Partagez-vous d'autres passions… disons plus coupables ?

— Mais je ne vous permets pas ! s'emporta Gomort qui réussit à s'extirper de son fauteuil en éructant. Vous cherchez un coupable ! Le fils de l'herboriste ne vous suffit pas. Vous préférez un

vieux diabétique. J'ai la gueule de l'emploi, n'est-ce pas ? Autant le dire tout de suite : vieux et vicieux !

— Veuillez vous asseoir, s'il vous plaît ! ordonna l'inspecteur.

— Mettez-moi en taule immédiatement tant que vous y êtes !

— Asseyez-vous, je vous en prie !

— Allez-y ! Foutez-moi les menottes ! Qu'est-ce que vous attendez ? Voilà un quart d'heure que vous me cuisinez ! Mais vous n'avez même pas l'ombre d'une preuve de tout ce que vous avancez. Je vous préviens : je ne me laisserai pas faire. Je connais bien le procureur de Reims. Je peux ruiner votre carrière, tout inspecteur que vous êtes !

Placide, sans ciller, Gayant prit soin d'appuyer discrètement sur un bouton placé sous son bureau qui déclencha l'arrivée immédiate de deux policiers. Le tandem faisait penser à Laurel et Hardy tant l'un avait de l'embonpoint et l'autre flottait dans son uniforme. Aucun des deux ne semblait rompu à un interrogatoire musclé ; l'arme dans leur fourreau en cuir, qu'ils arboraient à la ceinture, faisait penser au pistolet de Michael Landon dans la série télévisée *Bonanza*[1]. Les deux pandores ressemblaient à des personnages d'opérette.

— Aux chefs d'inculpation que je suis en train de retenir à votre encontre, il me serait désagréable d'avoir à ajouter : insultes sur personne ayant autorité… N'aggravez pas votre cas, Gomort !

Un filet d'écume s'écoulait à la commissure de ses lèvres et les veines de ses tempes grossissaient au fur

1. Western sous forme de série télévisée (430 épisodes) diffusée en 1965 par l'ORTF.

et à mesure que l'homme vociférait. Puis il s'affala sur son fauteuil, porta sa main droite à la naissance de son cou et simula un malaise.

— Vous... Vous voulez ma mort.

— J'appelle un toubib, inspecteur ? lança l'un des deux policiers en faction derrière le suspect.

— Ce n'est rien... Juste un léger étourdissement, diagnostiqua Gayant qui plaquait à présent sa petite stature sur le dossier de son fauteuil, satisfait de lui-même après avoir poussé à bout son adversaire.

L'inspecteur tenait son homme. Il le savait comédien. Il restait à réunir au plus tôt les preuves. Les soupçons ne suffisaient pas.

Gomort s'épongea à nouveau le front. De sa gorge sortait un son rauque. Comme un râle venu du tréfonds de ses entrailles. Les aveux ne tarderaient pas à venir. Il convenait d'être patient.

L'homme de la PJ reprit son attitude, mains jointes, regard d'acier, moustache de cendre jaunie par des années de tabagie. D'un signe de la tête, Gayant ordonna aux deux policiers de quitter la pièce.

— Mais... protesta le gringalet.

— Faites ce que je vous dis, et veillez à ce que Ferragano soit bien traité. C'est un être sensible comme tous les artistes !

Le marchand de bondieuseries considéra l'enquêteur avec effarement.

— Parce que lui aussi, vous le soupçonnez ?

— Pas exactement, rectifia Gayant. Vous n'avez pas le même pedigree. Nous n'avons pas grand-chose à lui reprocher. Sa musique, dit-on, est un enchantement. Il vit en bon chrétien, lui, et ses nuits sont faites du sommeil du juste !

— Que vous croyez ! lâcha Gomort dont la face rougeaude était labourée par de profondes rides.

Peu à peu, le suspect reprenait son souffle tout en se cramponnant de ses épaisses mains velues aux accoudoirs. Il écarta ses jambes, offrant à son contradicteur un spectacle indécent : pantalon graisseux, braguette entrouverte, chemise dépenaillée et une pilosité excessive qui dépassait de son encolure.

— Vous n'êtes pas à une allégation près ! Vous aimez jouer les corbeaux, traficoter les comptes au détriment de l'Église qui n'a pas été ingrate avec vous, ou bien s'est montrée trop naïve puisque c'est Mgr Marty qui vous a octroyé cette place comme pour vous racheter de vos méfaits. Je me suis même laissé dire que, sous l'Occupation, vous étiez le factotum du marquis de Polignac. Personnage ambigu qui se rangea, comme chacun sait, dans le camp des nazis… Vous êtes, Gomort, un homme sans beaucoup de scrupules. Vous avez du poison sur les mains et peut-être même du… sang !

C'est alors que l'homme crasseux partit d'un tonitruant éclat de rire. Toute sa carcasse se gondolait en même temps qu'il retenait sa panse comme si celle-ci allait exploser sous la pression de son diaphragme en folie. Pris de convulsions aussi soudaines que désordonnées, on ne voyait plus que sa bouche béante qui semblait vouloir engloutir l'air moite. Puis sa mâchoire se crispa, ses muscles se raidirent et un râle sourd sortit de sa gorge. Ses yeux se révulsèrent et son corps flasque s'effondra sur le plancher dans un bruit sourd.

L'inspecteur bondit de son siège, ses doigts cherchèrent en vain le bouton qui, un quart d'heure plus tôt, avait fait jaillir les deux policiers.

— Nom de Dieu ! répétait-il sans cesse.

Il finit par trouver la sonnette et Stan et Oliver apparurent dans le chambranle de la porte, prêts à dégainer.

— Que s'est-il passé, inspecteur ?

— Je crois qu'il a fait un malaise, balbutia Gayant, le front perlé de sueur, la voix blanche. Appelez un médecin, bande d'empotés ! Vite, vite !

Le plus épais des deux fonctionnaires armés s'agenouilla auprès de la masse humaine affalée au pied du bureau de Gayant, se saisit du poignet de Gomort, tâta le pouls et colla son oreille sur sa poitrine débraillée. Il dut s'y reprendre à deux fois.

— Il a passé l'arme à gauche ! conclut-il en se relevant et en rajustant aussitôt la ceinture à laquelle pendait son arme de service.

— Il a craché le morceau, patron ? demanda son collègue à Gayant.

L'inspecteur n'eut pas le temps de répondre, empêché par la sonnerie du téléphone qui lui glaça les sangs. Ses lèvres s'étaient assombries. Machinalement, le regard absent, il s'empara du combiné :

— Gayant, j'écoute…

S'ensuivit un lourd silence.

— Pas exactement, monsieur le procureur.

Les deux agents restèrent les bras ballants jusqu'à ce que l'inspecteur ne raccroche.

— Mais, bon Dieu, qu'est-ce que vous attendez pour m'expédier ce tas de merde à la morgue ?

Quand Gayant, le visage blême, tassé dans son costume trois pièces, se retourna vers la fenêtre où les marronniers agitaient mollement leurs feuilles encore tendres, il s'aperçut que les arbres balisant

le boulevard Louis-Roederer étaient infestés de cochenilles.

Eux aussi, il ne faudrait pas tarder à les abattre, se dit-il en pensant à la succession de cadavres qui jalonnaient à présent l'affaire Notre-Dame.

12

L'homme n'avait jamais su se séparer de son chapeau en feutre noir. En réalité, le magistrat l'ôtait lorsqu'il pénétrait dans la cathédrale après une simple génuflexion et s'être signé devant le bénitier où croupissait une eau tiède. Dès lors qu'il déambulait dans la nef, il le tenait dans son dos, les mains jointes, tout en caressant du pouce son bord rugueux. Depuis qu'il avait été promu, il y avait plus de dix ans, procureur de la République de Reims, on ne lui avait pas connu d'autre couvre-chef que ce feutre sombre.

Georges Razet croyait davantage à la justice divine qu'à celle rendue par les hommes, néanmoins il ne ménageait ni sa peine ni son temps dans sa perpétuelle quête de la vérité. La Champagne n'était certes pas Chicago, mais elle avait son lot de délits en tout genre : crimes passionnels, délinquance en col blanc, affaires d'inceste et autres infamies qui relevaient du pénal.

Son intégrité passait pour être son plus bel habit et certainement sa meilleure alliée. On le disait

incorruptible, solitaire et cultivant jalousement le sens du secret. Que le Rémois qui pouvait prétendre être un de ses proches amis lève le doigt ! Son cercle se limitait en effet à des grimoires et à de vieilles encyclopédies habillés de cuir fauve et frappés à l'or fin, tous alignés comme des soldats de plomb sur des rayonnages qu'il faisait épousseter tous les matins par sa vénérable femme de ménage, une certaine Fernande de Lesseps, qui se disait une lointaine parente de celui qui fit creuser les canaux de Suez et de Panamá. La pauvre femme, aussi brave que dévouée, n'avait su creuser que ses rides et la tombe dans laquelle elle ne tarderait pas à basculer tant elle était chancelante.

Célibataire endurci, Razet passait pour un érudit possédant, disait-on, la plus belle bibliothèque de Reims. Seuls l'archevêque, quelques académiciens et une poignée d'historiens, venus spécialement de Paris, avaient eu les honneurs de son domicile. Il vivait dans le noir car, prétendait-il, le soleil est le pire ennemi des livres et des œuvres d'art. On le disait également collectionneur. La légende voulait qu'il ait chez lui un Rembrandt, mais personne n'avait pu attester la chose. Pas même Mgr Marty qui, seul, à Noël et à Pâques, était l'hôte de « Monsieur le Procureur » à l'époque où il promenait son accent rocailleux du côté de Reims. Depuis que le Vatican avait fait de lui l'archevêque de Paris, les deux hommes ne se voyaient plus.

Pour rien au monde, le dimanche et les jours saints, Georges Razet n'aurait manqué une messe à Notre-Dame. Affublé de son éternel costume trois pièces au motif pied-de-poule et de sa cravate grise, il s'y rendait systématiquement un quart d'heure avant l'office, allait aimablement saluer Ferragano avant qu'il ne rejoigne le buffet de l'orgue, allumait un cierge qu'il déposait sous la statue de Jeanne d'Arc, avant de regagner sa place. Toujours la même, à l'extrémité du troisième rang, côté sud, non loin des confessionnaux en enfilade.

À son passage, plusieurs fidèles hochaient la tête. Il se contentait d'un sourire timide en guise de réponse. Parfois, après l'office du dimanche, il s'entretenait avec l'abbé Sotte. Son accent du Midi lui rappelait celui de François Marty, l'ancien curé de Rieupeyroux promis très tôt aux ors du 7 de la rue Saint-Vincent, dans l'île de la Cité. Depuis que les deux crimes de Notre-Dame avaient ébranlé la ville, le procureur se gardait bien de tout contact visible avec les autorités civiles et religieuses. Celui qui incarnait le pouvoir judiciaire se contentait de baisser la tête et de prier en silence.

Le rituel du dimanche voulait qu'il déposât son chapeau sur la chaise qui se trouvait à sa gauche. Il ne se trouvait personne pour le lui faire remarquer, excepté peut-être pour les grandes occasions, quand la cathédrale était bondée et que l'orgue résonnait à tue-tête. Ensuite, de ses mains blanches, parfaitement manucurées, il déployait son missel à la tranche dorée et revêtu d'un précieux couvre-livre en cuir de Cordoue. Le signet mauve indiquait l'épître et l'évangile du jour. Ainsi plongé dans ses prières et ses saintes pensées, le monde des justiciables lui devenait totalement étranger.

Ce matin-là, abandonnant Hélène et Théo à une probable grasse matinée, Séraphin s'était précipité au premier office. L'absence de Quasimodo ne manquerait pas de susciter quelques réactions. Une messe sans toccatas et sans fugues paraîtrait bien morne aux oreilles des Rémois. Plus d'un ne manquerait pas de commenter la disparition soudaine de l'organiste devant son clavier. Était-il souffrant ? Lui, si ponctuel en toutes circonstances…

Avec préméditation, Séraphin s'était placé à côté du procureur, l'obligeant à ôter son feutre noir de la chaise vide. Le conservateur s'en était excusé d'un petit sourire, et l'homme de loi s'était exécuté en précipitant son geste de repli et en considérant d'un œil suspicieux l'homme qui osait perturber son rituel des laudes. C'est alors que les deux chrétiens se toisèrent, échangèrent un sourire entendu, et firent converger leur regard vers le maître-autel où officiait l'abbé Sotte, d'une voix moins claire qu'à l'accoutumée.

— Louange à toi, Seigneur ! prônait le Provençal.

Quand vinrent les intentions de prières, le curé du soleil se fendit de quelques mots qui résonnèrent étrangement à l'oreille du procureur Razet :

— Ayons ce matin une pensée toute charitable pour notre organiste Raphaël dont le talent nous a été confisqué pour les besoins de la justice des hommes. Que Dieu l'accompagne dans cette épreuve et que, très vite, il reprenne sa place devant cet orgue dont les claviers et le pédalier sont, ce matin, orphelins.

Cantarel regarda à sa droite pour lire sur le visage de Razet un indice qui traduirait l'avancement de l'enquête. Il ne décela que de l'incompréhension, voire une forme d'agacement. Procureur et conservateur échangèrent, une nouvelle fois, un regard qui laissait supposer que l'un n'ignorait rien de l'autre.

Après l'eucharistie, l'abbé Sotte, visiblement perturbé, expédia la fin de la messe :

— Allez dans la paix du Seigneur !

Georges Razet replia son missel en prenant soin de placer son signet à la page du lendemain, et se signa avant de se recoiffer pour se diriger vers la sortie. Séraphin profita alors de cette proximité pour entreprendre un semblant de dialogue avec son voisin d'église :

— Puis-je me présenter : Séraphin Cantarel, conservateur en chef des Monuments français.

— C'est inutile ! Je sais parfaitement qui vous êtes et je vous sais gré de tout ce que vous avez fait pour que le génie de Chagall entre dans notre belle cathédrale !

— Vous êtes trop aimable.

— Je le pense sincèrement, ajouta le procureur qui, quoique courtois, n'entendait pas poursuivre la conversation au-delà d'un échange affable et poli.

Pugnace, Cantarel resta sur ses talons :

— L'absence de Raphaël fut bien dommageable à cet office. Une messe sans musique, c'est comme un…

— … un autel sans tabernacle ! suggéra Razet.

— Or, c'est vous, si je ne m'abuse, monsieur le procureur, qui avez la clé du tabernacle, renchérit Séraphin.

— Pourquoi dites-vous cela ? s'offusqua le magistrat en regardant sa montre.

— N'est-ce pas vous qui avez cautionné la garde à vue de Quasimodo ? Pardon de… Ferragano ?

Le procureur considéra alors Cantarel avec cet air méprisant qui signifiait : « Que me chantez-vous là ? »

— Excusez-moi, monsieur Cantarel, mais je suis un peu pressé. Pourrions-nous reprendre cette conversation plus tard ? Je vous sais bibliophile et collectionneur de peintures… J'aimerais avoir votre avis sur une toile à laquelle j'ai succombé en salle des ventes.

— Si je peux vous être d'une quelconque aide, ce sera avec le plus grand des plaisirs.

Georges Razet tendit alors la main en direction de Cantarel en même temps qu'il ajustait son couvre-chef comme le font les gens flanqués de bonnes manières.

— Faut-il que vous ayez de gros soupçons sur Ferragano pour le mettre au gnouf ? persévéra Séraphin. Et ce Gomort dont le cœur lâche au moment où sa langue était prête à se délier ? Décidément, votre inspecteur Gayant n'a pas de chance !

Le visage du procureur se rembrunit et il repositionna aussitôt son chapeau sur son crâne dégarni, lisse comme une peau de baudruche et auréolé d'une tonsure grisonnante.

C'est alors qu'un journaliste de *L'Union de Reims* s'approcha du magistrat et, tout à trac, l'apostropha sur les derniers développements de l'affaire. Razet le rabroua prestement :

— Ce n'est, jeune homme, ni le lieu ni le moment pour vous faire la moindre confidence !

La scène se déroulait à cinq mètres du confessionnal où avait été découverte empoisonnée la petite Montalembert. L'irritation du procureur était palpable et le magistrat du ministère public hésitait : devait-il faire du conservateur, qui en savait plus qu'il ne le laissait supposer, un informateur zélé ou un allié inconditionnel ?

Sur ce, l'abbé Sotte sauta sur le râble de Razet :

— Monsieur le procureur, vous êtes sûr de la culpabilité de Quasimodo ? Je ne peux pas y croire.

Raphaël est un saint homme ! Et Gomort ? Est-ce vrai que Dieu l'a rappelé à lui dans le bureau de votre nain à moustache ? Mais, Seigneur, c'est le diable qui règne en maître dans cette cathédrale !

— Calmez-vous, mon père ! La justice suit son cours. Si Gayant a souhaité entendre Ferragano, c'est qu'il avait quelques bonnes raisons. Vous êtes un grand naïf, l'abbé ! Vous ne voyez pas le péché. Ceux qui vont à confesse, ce n'est que pour des péchés véniels. Les autres, c'est moi qui m'en charge. Et là, on est dans le registre du péché mortel… Vous comprenez ?

L'abbé Sotte parut dubitatif. Séraphin, en revanche, comprit que le procureur général couvrait l'inspecteur Gayant mais n'en pensait pas moins. L'arrestation du fils de l'herboriste était loin de faire taire la rumeur, d'autant que le garçon clamait son innocence dans tout le parloir de la maison d'arrêt du boulevard Robespierre. Il menaçait d'attenter à ses jours si on ne le remettait pas en liberté. Son père était prêt, disait-il, à faire appel à un grand avocat du barreau de Paris pour laver l'honneur de son fils. L'accusation ne reposait que sur le témoignage de Gomort. Et l'homme n'était pas un enfant de chœur !

Déjà, Frédéric Pottecher s'était emparé de l'affaire sur les ondes d'Europe 1. Le célèbre chroniqueur judiciaire, avec sa voix de faux tribun de prétoires, s'était exclamé : « La Montagne de Reims a accouché d'une souris pour justifier deux crimes odieux. C'est du champagne frelaté que l'inspecteur Gayant a offert au procureur de la République. Pas sûr qu'il s'en satisfasse. »

Quand Séraphin avait entendu à la radio le compte rendu de Pottecher alors qu'il buvait son café dans la salle des petits déjeuners, il avait failli s'étouffer de rire. Norbert qui, comme à son accoutumée, avait allumé son transistor en même temps qu'il activait son percolateur, avait déclaré :

— Gomort a emporté son secret dans la tombe !

— Il n'est pas le seul, rétorqua Cantarel en soutenant le regard de l'héritier de *La Grenouillère*.

Le vieux garçon baissa les yeux, emporta la cafetière et se réfugia illico derrière le rideau en billes de buis de la cuisine. S'ensuivirent un bris de verre et une exclamation qui se voulait expiatoire :

— Et merde ! Qu'est-ce que je suis maladroit, ce matin !.... Encore une tasse qui sera dépareillée !....

Et, en même temps qu'il s'en prenait à lui-même, Norbert prit soin de changer de station. D'Europe 1, il glissa sur RTL où Daniel Guichard pleurnichait sur son père défunt :

J'aurais pu, c'était pas malin
Faire avec lui un bout de chemin
Ça l'aurait peut-être rendu heureux
Mon vieux.

Tassé dans le fauteuil que lui avait offert le procureur de la République, l'inspecteur Gayant avait perdu de cette fatuité derrière laquelle il abritait son nanisme. Néanmoins, il continuait à réunir ses deux mains de façon symétrique, les deux index reliés à la hauteur du menton. Par moments, il caressait sa moustache quand les questions de Razet se faisaient pressantes et insidieuses :

— La garde à vue de Raphaël Ferragano n'est en rien justifiée, inspecteur ! Le fait qu'il détienne les clefs des toits de Notre-Dame n'en fait pas un complice, et *a fortiori* un violeur d'enfants ! Votre excès de zèle fait rire toute la ville !

— Qui, monsieur le procureur, sinon lui, peut accéder au sommet des deux tours ? J'ai procédé, croyez-moi, à toutes les vérifications d'usage. Il n'y a pas de passe. Seul, paraît-il, l'archevêque a le double, et son secrétaire dit n'avoir pas connaissance d'un quelconque trousseau. Sur ce dernier point, il est affirmatif et je n'ai pas pour habitude de mettre en doute la parole d'un homme d'Église. On ne peut tout de même pas soupçonner monseigneur de…

Connaissant les convictions religieuses du magistrat, Gayant leva les yeux au ciel et balaya d'un revers de manche cette hypothèse à peine concevable.

Razet se contenta de marmonner :

— Bien sûr, bien sûr…

— Et puis, monsieur le procureur, sachez que j'ai fait suivre Quasimodo.

— Qui ça ?

— Quasimodo, en fait je veux dire : M. Ferragano !

— Et alors ?

— Sa vie n'est peut-être pas aussi lisse qu'on pourrait le supposer.

— Cessez, je vous en prie, vos sous-entendus ! Des faits, Gayant ! Rien que des faits !

— Disons que ça lui arrive parfois de participer à des soirées mondaines auprès de quelques notables connus dans Reims pour être de fieffés libertins.

— Chez qui, par exemple ?

— Un commissaire-priseur que vous connaissez bien, monsieur le procureur.

Les sourcils de Razet s'épaissirent.

Calé dans son fauteuil de magistrat, abrité derrière sa lampe bouillotte en bronze doré, le procureur se faisait moins inquisiteur. Il avait gommé un peu de son autorité au profit d'un ton plus patelin :

— Loriot ?

— Celui-là même qui vous a fait avoir votre Eugène Boudin ! Le Normand que vous êtes a été sensible, n'est-ce pas, au fait que les enchères ne montaient guère ?....

Matois, Gayant distillait ses informations sans ciller, sans même friser sa moustache.

— Et pour cause ! Le tableau n'est pas signé et aucun expert n'a voulu délivrer de certificat d'authenticité, se justifia le procureur en faisant craquer son fauteuil.

— L'amateur éclairé que vous êtes sait bien que Boudin n'a été que très peu imité de son vivant. Profitez de la présence de Séraphin Cantarel à Reims pour vous le faire confirmer. Son expertise en matière de peinture est connue de tout Paris.

— Merci du conseil, Gayant ! Vous êtes en train de me dire que Me Loriot organiserait dans son hôtel particulier des parties fines auxquelles Ferragano serait convié ?

— Pour tout vous dire, monsieur le procureur, j'étais intimement convaincu que les mœurs licencieuses de Loriot étaient, depuis longtemps, revenues à vos oreilles.

— Je n'ai pas pour habitude de m'encombrer l'esprit avec ces clabaudages alimentés par des gens malintentionnés !

— Sauf quand les faits sont avérés !

— Vous avez la preuve que Ferragano était de ces fêtes en tant que libertin ou en tant que musicien ? Je sais ce commissaire-priseur très amateur de musique du XVIIIe siècle !....

Pour la première fois, l'inspecteur révélait son talon d'Achille. Sa silhouette paraissait s'enfouir entre les deux accoudoirs du fauteuil Régence.

— Des preuves, vous dis-je ! Vous avez écouté la radio, ce matin ? Nous sommes la risée des journaux. D'ici à ce que je reçoive un coup de fil du garde des Sceaux !

— Mais, monsieur le procureur…

— Taisez-vous, Gayant, vous m'avez arraché la mise en détention de ce gamin, le fils de l'herboriste, sur le seul témoignage d'un homme dont la moindre enquête de moralité met en lumière une personnalité obscure.

— Je vous ferai remarquer…

— C'est à moi, monsieur l'inspecteur, de vous faire remarquer que c'est en le cuisinant, dans votre propre bureau, que son cœur a flanché. Peut-être même l'avez-vous un peu bousculé ? Sa nièce vient de réclamer l'ouverture d'une enquête ! Nous ne sommes pas au bout de nouveaux emmerdements !

— Je vous jure, monsieur le procureur, que…

— Ne jurez de rien, Gayant ! Apportez-moi la preuve irréfutable que le fils Séguier a empoisonné Séverine Montalembert. Entre-temps, je remets votre suspect n° 1 en liberté. Certes, il sera placé sous contrôle judiciaire, mais il va falloir, Gayant, trouver d'autres biscuits que vos ragots ! Et cela dans des délais très courts, sinon, je serai contraint de vous dessaisir de ce dossier. Quant à Ferragano, ajouta le magistrat courroucé, faites-en un allié plutôt qu'un suspect. De la psychologie, Gayant ! Vous qui rêvez de la cour des grands, ce n'est pas avec cette affaire que vous allez finir au quai des Orfèvres. Je vous le dis !

Le procureur Razet avait bondi de son bureau comme un vieux matou que l'on aurait cru incapable jusqu'alors d'un coup de griffe. Il avait raccompagné l'enquêteur jusqu'à sa porte à soufflet en lui mettant une main sur l'épaule comme pour mieux le rabaisser.

— Je vous donne deux jours pour dénicher le, ou les coupables, car je doute fort que les deux crimes soient liés. Deux jours, Gayant. Pas un de plus !

— Soyez assuré, monsieur le procureur, que je ferai de mon mieux ! bredouilla l'inspecteur dont le profil et le moral n'avaient jamais été aussi bas.

— Pactisez avec le diable si vous voulez, mais ramenez-moi ces pervers coûte que coûte !

Quand la porte se referma sur le policier ratatiné après cette volée de bois vert, Razet se précipita vers l'armoire en merisier où il entreposait quelques effets personnels. Il s'empara d'une bouteille ambrée. C'était un calvados de son pays du Domfrontais. Il en but une rasade, puis une seconde, avant de s'asseoir, harassé, dans son fauteuil. Il décrocha le combiné de son téléphone en bakélite et appuya fermement sur la première touche en demandant à sa secrétaire d'inviter « Monsieur le Conservateur des Monuments français pour un déjeuner de courtoisie le lendemain, au *Café du Palais* ». « Son heure sera la mienne », ajouta-t-il sur un ton qui se voulait charitable et presque débonnaire.

13

Il n'y eut pas grand monde pour pleurer Adolphe Gomort. C'est d'ailleurs le jour de son enterrement que Séraphin et Théo découvrirent son prénom. Dans la pénombre de la cathédrale, tous les fidèles le désignaient par son simple patronyme, même si chacun s'efforçait de ne pas appuyer sur la seconde syllabe. Chez les croyants, la foi n'a jamais su chasser un fond de superstition païenne.

Le manque d'hygiène de Gomort, son haleine fétide et ses allures de conspirateur aux paupières mi-closes en faisaient un personnage à part qui, tapi dans sa boutique, n'inspirait guère beaucoup de sympathie : au mieux engendrait-il l'indifférence. En réalité, c'est sa femme, Lucienne, qui avait su donner une âme à ce petit commerce fait de babioles et de bondieuseries à la gloire de Notre-Dame de Reims. Pour une poignée de francs, on repartait avec quelques cartes postales, un chapelet, une médaille, une statuette de « l'ange au sourire » ou bien une boule de neige très kitsch où la cathédrale des rois de France, en miniature, se parait de blanc dès qu'on l'agitait.

Le couple inspirait juste ce qu'il fallait de compassion, mais ce commerce de pacotille était bien plus florissant qu'on ne pouvait le supposer de prime abord. Le nombre de touristes grandissant, la soudaine notoriété de l'ange, le destin héroïque de Jeanne d'Arc, les incessants efforts déployés pour rendre à ce chef-d'œuvre de l'art gothique son éclat d'antan précipitaient chaque jour sous la large nef des hordes de visiteurs, tous soucieux de repartir avec une babiole, un souvenir.

Mine de rien, ce négoce était très rémunérateur. Seul un pourcentage du chiffre d'affaires était reversé au clergé, le reste allait dans les poches du couple Gomort, qui avait à sa charge les commandes auprès des fournisseurs de toute cette bimbeloterie. La plupart des touristes réglaient leurs achats en espèces et il était aisé de tenir une double comptabilité. Sans avoir une preuve formelle, l'inspecteur Gayant avait su deviner le procédé malhonnête dont ne s'était pas privé Gomort pour arrondir ses fins de mois.

Du reste, si le couple était habillé sobrement – chemisier blanc et jupe écossaise pour madame, une belle croix ostensiblement pendue à son cou ; chemise en lin et pantalon de flanelle pour monsieur –, les Gomort menaient grand train en dehors de l'enceinte sacrée. Ils habitaient une belle maison à la périphérie de Reims. Un de ces pavillons aux volets repeints chaque année, avec balcons gansés de géraniums et pelouses grasses où couraient des nains de jardin et des champignons en plâtre. Certes, ils n'avaient jamais eu d'enfants, mais ils ne se refusaient rien. En catimini, ils buvaient de bonnes bouteilles (et pas que du champagne !) et ne partaient pas en pèlerinage à

Lourdes ou à Lisieux, mais plutôt sur la Riviera, à Menton, où Lucienne avait une vague cousine. Du moins, c'est ce qu'elle disait à qui voulait l'entendre.

À les voir, on les pensait très pieux, parfumés à l'encens, et bouffeurs d'hosties. Cela va sans dire, ils étaient les premiers à distribuer les enveloppes bistre pour la collecte du denier du culte, mais c'était une foi de façade. Lui était un grippe-sou, et elle bien trop sourire pour être foncièrement honnête.

Après la mort subite de Lucienne, Adolphe n'avait plus caché son penchant pour la dive bouteille et avait négligé son accoutrement ainsi que le semblant de bonnes manières qui lui tenait lieu de vernis. Quelques réflexions désobligeantes de bigotes étaient bien revenues aux oreilles de l'abbé Sotte, mais il n'accordait que peu de crédit aux médisances psalmodiées par ses « cafardeuses », comme il les nommait, toutes confites en dévotion.

Toujours est-il qu'il fallait à présent trouver un successeur à Gomort et rouvrir très vite « la boutique aux souvenirs ». Il en allait des finances du diocèse. Le diacre Delvert, qui faisait aussi office d'intendant, ne manquerait pas de se manifester. Un appel d'offres serait lancé sous peu. Il était nécessaire d'élire un couple, car il convenait que la guitoune soit ouverte sept jours sur sept, et tenue par des gens au-dessus de tout soupçon, avec quelques gages de bonne moralité et, surtout, une ferveur qui ne soit pas douteuse.

À peine le décès de Gomort fut-il chuchoté dans les allées de Notre-Dame que, déjà, quelques dévots postulèrent auprès du presbytère. Cette promptitude n'avait pas manqué de choquer sœur Jocelyne qui les avait invités à repousser leur offre de service au lendemain des obsèques.

Au décès de Gomort, des scellés avaient été placés sur la porte qui donnait accès au comptoir où le bibelotier pratiquait ses petites affaires. Flanquant le pied de la tour nord de Notre-Dame, à gauche de l'entrée, la baraque faisait à peine six à huit mètres carrés. Le lieu était exigu, mais il n'était pas nécessaire qu'il occupe une plus grande place. Jésus n'avait-il pas, en son temps, chassé les marchands du temple ?

En réalité, on pouvait très bien accéder par l'arrière à cet énorme comptoir, à peine collé contre la paroi. Il suffisait d'être un peu agile et surtout assez mince, ce qui n'avait jamais été le cas de Gomort. Lequel prenait un malin plaisir à balancer la clé de son kiosque au bout d'une chaînette qu'il arborait comme, autrefois, on promenait son gousset ; et histoire d'imiter Quasimodo, doté d'un trousseau de clefs nettement plus imposant. Chacun à sa manière, les deux hommes se partageaient jalousement le territoire immense de la cathédrale, bien en marge des prêtres placés sous l'autorité de Mgr Ménager.

Quelle idée saugrenue avait eu Théo de visiter ce kiosque en bois pendant l'office de onze heures ? Le retour de Raphaël Ferragano aux orgues de Notre-Dame avait redonné à la messe sa solennité traditionnelle. Les fidèles n'avaient jamais douté de son intégrité ; la ferveur qu'il mettait à actionner les tirasses et le pédalier portait à croire que, bientôt, la vérité triompherait des sarcasmes qui avaient secoué la cathédrale des rois de France.

Pas question d'endommager les cachets de cire et les cordelettes qui barraient la porte latérale du kiosque. Non, Trélissac avait profité de la communion pour se glisser entre le contrefort et la paroi latérale de la cahute. Son polo en serait quitte pour quelques traces d'humidité, certainement quelques toiles d'araignées, mais l'aventurier qu'il était n'allait pas s'arrêter à ce genre de détails. Dans la poche de son jean, il avait glissé un briquet et une lampe de poche plate dont la pile accusait quelques faiblesses.

Introduit dans ce tabernacle qui sentait la cire, la poussière et le papier mâché humide, il détailla les dizaines de cartons où était entreposée une kyrielle de souvenirs. Il y avait là des boîtes à chaussures regorgeant de cartes postales en noir et blanc, depuis longtemps mises au rebut. Des bouquets de cierges vierges sur lesquels était gravé l'énigmatique sourire de l'ange. Les médailles et chapelets étaient, eux, consignés dans un petit coffret à bijoux en loupe d'orme dont on n'avait même pas pris soin d'ôter la clef. Dans un coin, il y avait des posters enroulés comme des parchemins qui représentaient la façade de Notre-Dame. On y voyait la cathédrale en proie aux flammes. Le dessin faisait preuve d'une imagination dévorante. Les flammes jaillissaient des rosaces, des deux beffrois, léchant chaque pierre, réduisant le monument à un énorme bûcher. Les élastiques sautaient au fur et à mesure que Théo tentait de déployer ces photographies géantes, imprimées sur un papier jauni et piqué par l'humidité. Il y avait là un bric-à-brac que le visiteur ne pouvait soupçonner. Aucune caisse, aucun livre de comptes. Seules, quelques pièces d'anciens francs traînaient au fond d'une soucoupe en verre blanc avec des boutons en nacre, des trombones, des épingles à cheveux et une vieille boîte d'allumettes à la gloire de la régie française des tabacs.

Déjà la torche électrique de Théo ne dessinait plus qu'un halo de lumière vacillant.

— Putain de lampe ! blasphéma l'assistant de Cantarel.

Puis il s'empara d'un cierge épais qui avait dû servir un soir d'orage ou lors d'un office dégoulinant de ferveur. À moitié consumé, la mèche rabougrie, il offrait sur son flanc le visage illuminé de l'ange dont la chevelure frisée avait été entamée par la combustion.

Théo dut s'y reprendre à trois fois avant d'incendier une des allumettes suédoises qui avaient résisté à l'épreuve du temps. Une odeur de soufre emplit la guérite. Trélissac aimait ce relent qui lui rappelait ses premières cigarettes dans les toilettes du lycée de Brive. Il n'avait jamais vraiment su fumer. Mais l'initiation au cigare que lui avait prodiguée récemment Séraphin Cantarel lui avait bien plu.

À travers la paroi en bois du kiosque, il entendait les chants liturgiques. Il imaginait son patron parmi l'assistance toute recueillie. Peut-être même les hommes de Gayant étaient-ils disséminés dans la foule, épiant chaque fidèle ? Il ne lui restait que quelques minutes pour conclure sa courte exploration. Que comptait-il trouver dans ce fatras ? Un carnet à spirale où Gomort aurait tenu sa double comptabilité ? C'était le prendre pour un naïf, ce qu'il n'était pas. Quelques documents compromettants ? Rien de tout cela. Juste quelques vieilles factures de la fabrique de cierges Fénelon, une rame de papier jauni, et plusieurs flacons d'encre de différentes couleurs de la marque Waterman. Encre violette, bleue, verte, rouge et un porte-plume dissimulé dans une vieille trousse d'écolier où l'on pouvait lire « Adolphe Gomort ». À côté du patronyme étaient grossièrement dessinées une tête de mort et une croix… gammée.

Cette intrusion, si Gayant l'apprenait, ne manquerait pas de susciter ses foudres, mais elle ne contenterait pas non plus Cantarel tant la moisson d'informations était maigre. Peut-être, du temps de Lucienne Gomort, la boutique était-elle mieux fournie et mieux tenue ?

Tout à coup, des pas résonnèrent aux abords du kiosque. Théo se cramponna au siège sur lequel le bibelotier posait chaque jour sa carcasse épaisse et nauséabonde. Il en conçut de l'écœurement et faillit bien vomir. Un rien claustrophobe, Trélissac s'apprêtait à sortir de sa cache comme un diablotin de sa boîte, mais il finit par dominer ses nerfs et sa gorge. Les pas s'éloignèrent. L'office de onze heures devait être fini.

De fines gouttes de sueur perlaient à présent sur son front. Il usa de la manche de son polo pour s'éponger mais la poussière commençait à irriter ses narines. C'était sûr : il n'allait pas manquer d'éternuer. Bientôt, il serait découvert et morigéné comme il se devait par Cantarel qui ne lui trouverait aucune circonstance atténuante.

Pour éviter l'ébrouement tant redouté, Trélissac s'agrippa au rideau de crêpe qui faisait office de fond de scène au kiosque. Il tira tellement fort que le pan de tissu se décrocha en partie, mettant à nu le mur salpêtré et découvrant une porte étroite, barrée par un battant en bois auquel était accroché un épais cadenas.

À nouveau des chuchotements ricochèrent sur les dalles de Notre-Dame. Théo retint son souffle. Il crut entendre la voix chantante de l'abbé Sotte s'entretenant avec un paroissien qui exigeait que les vitraux de Chagall fassent l'objet d'une petite publication.

— Certains de vos fidèles ne savent pas interpréter l'œuvre du maître. Une explication de texte vaudrait mieux, monsieur l'abbé.

— Je vais y songer, répondit le curé avec la bonhomie qui lui était familière.

Trélissac s'était à cet instant pincé les narines. Il ne résisterait pas longtemps en apnée dans cette ambiance poussiéreuse et confinée. Déjà il brûlait d'impatience de quitter la cahute toute charançonnée. Puis le silence se fit presque total. Sonnèrent alors les douze coups de midi.

Peu à peu, ses yeux s'habituèrent à la pénombre, d'autant que la flamme du cierge avait gagné en taille et en luminescence. La mèche grésillait et ce bruit singulier le rassurait. Lui venait en mémoire les orages du Limousin, quand la nature se déchaînait chaque année, aux environs du 15 août, privant d'électricité des hameaux entiers pendant plusieurs heures, parfois plusieurs jours. Sa mère sortait alors du placard la vieille lampe-tempête et quelques bougies qui jetaient sur les murs chaulés des ombres chinoises.

Il empoigna le cierge allumé. On ne distinguait plus l'ange gravé. La flamme avait eu raison de son sourire presque insolent. Il n'en restait qu'une petite flaque de cire translucide où baignait la mèche noircie en forme de minuscule crochet.

Trélissac approcha la bougie de la porte dérobée et du cadenas qui empêchait tout accès. La serrure n'affichait aucune trace de rouille, comme si cette fermeture à anse pivotante était régulièrement utilisée. Bien sûr, la clef était absente et il était certainement inutile de la chercher dans ce capharnaüm. Nul doute que cette porte donnait accès à l'escalier de la tour nord, celui-là même qui avait été condamné à la suite de l'incendie du 19 septembre 1919. On disait l'escalier en colimaçon en partie effondré, comblé de gravats, abandonné aux chauves-souris et aux chats-huants.

Une scie à métaux suffirait pour en avoir le cœur net. Ce n'était certes pas le moyen le plus discret mais certainement le plus efficace pour vérifier l'intuition de l'assistant de Cantarel.

À l'évidence, Gomort était détenteur de cette clef. Ainsi avait-il directement accès aux toits de la cathédrale à l'insu de Raphaël qui, lui, possédait exclusivement le sésame de la tour sud. Le boutiquier, à supposer que l'escalier ne soit pas hors d'usage, pouvait donc jouir impunément de ce passe-droit. Là-haut, à soixante mètres du sol, parmi les cloches fêlées, la fiente de pigeon aux relents pestilentiels, et sous les étais en bois destinés à consolider la tour meurtrie par les bombardements, il pouvait sans scrupules se livrer aux pires infamies. Et si ce n'était lui, il était nécessairement complice. Les soupçons de Gayant étaient donc en partie fondés. Il restait à vérifier cette hypothèse. Théo venait de mettre la main sur le plus pertinent des indices obtenus depuis le début de cette enquête. C'est Cantarel qui allait être aux anges !

Encore fallait-il que le jeune homme sorte de sa cachette sans se faire remarquer. N'y tenant plus, prêt à éternuer, le garçon jeta son dernier souffle sur le cierge qui dégagea, pendant un court instant, une douce odeur de paraffine ; comme quand, enfant, les soirs d'orage, sa mère éteignait la bougie posée à même la table de chevet après lui avoir donné un tendre baiser sur le front. Cette réminiscence suffit à lui donner des ailes. Il s'extirpa de cette guérite sans éveiller le moindre soupçon.

Trente secondes plus tard, Théo se retrouvait sur le parvis de Notre-Dame, aveuglé par les éclats de soleil qui mettaient à mal ses yeux clairs. Son pas était léger, sa démarche guillerette. Son obstination avait eu raison des scrupules de Séraphin, il en devenait presque insolent de fierté.

En passant sous la statue aux ailes déployées, Trélissac lui fit un clin d'œil complice. L'ange de pierre lui répondit par ce sourire mystérieux qui n'appartenait qu'à lui.

14

Selon quelle prescience Théo se précipita-t-il vers le *Café du Palais* plutôt que vers *La Grenouillère* ? En réalité, il était plus sûr d'y retrouver Hélène que son mari. À cette heure, la terrasse devait être noire de monde, chacun sirotant son kir ou son cinzano sous le velum qui jetait juste ce qu'il fallait d'ombre pour alimenter les conversations badines jusqu'à plus soif.

Trélissac fut un peu déçu de ne pas apercevoir la silhouette gracile de Mme Cantarel. Sa belle saharienne procurait à Théo des envies impérieuses d'explorer des terres nettement plus exotiques que celles de Champagne : fouiller des tombes d'Éthiopie ou décrypter les écritures gravées sur les flancs des pyramides mayas lui paraissait autrement plus exaltant que le baptistère de Clovis ou cette ribambelle d'anges en pierre, à condition cependant que la mission fût pilotée par la belle Hélène.

Seul le colonel était là, peut-être à pleurer en silence son ami Adolphe que l'on avait enterré la veille en toute discrétion. À portée de main, son seau à champagne d'où émergeait un médium à la collerette dorée. Un cigare vissé entre ses lèvres purpurines rendait son visage plus obscur encore. Le regard fixé sur les marches du palais de justice qui faisait face au café, il donnait l'impression de s'être soustrait du monde.

Son amitié avec Gomort était-elle assez forte pour qu'il soit affecté par sa mort ? Lui si raffiné, comment avait-il pu tolérer le négligé de ce quincaillier d'église, à la parole rugueuse et à l'haleine repoussante ?

Sa coupe de champagne était pleine et il semblait s'en désintéresser, triturant de ses doigts de pianiste le muselet de la bouteille. Un cylindre de cendres obstruait son havane, mais, à la façon des carpes, il entrouvrait parfois ses lèvres pour assurer la lente combustion de son barreau de chaise.

Théo franchit le seuil du *Café du Palais* pour s'assurer que son supérieur n'était pas à l'intérieur. C'est alors qu'il reconnut le gabarit de Cantarel dans le reflet d'un large miroir au mercure passablement altéré. Il s'apprêtait à l'interpeller quand il vit que le conservateur était en grande conversation avec un homme qui lui était totalement inconnu.

Les deux convives dissertaient à coups de fourchette, une serviette accrochée à l'encolure de leur chemise. Le propos semblait captivant. Quand Cantarel prit conscience de la présence de Théo dans son dos, il lui signifia d'un geste imperceptible qu'il n'était pas le bienvenu. Aussitôt, Trélissac tourna les talons et se frotta au soleil d'été. Il fallait qu'il livre son secret toutes affaires cessantes. Hélène serait donc sa confidente. Il importait de la retrouver sans délai.

Pendant ce temps, dans son bureau du boulevard Louis-Roederer, Gayant devait se contenter d'une Pelforth brune et d'un sandwich à la rosette de Lyon. Le procureur Razet ne lui concédait plus aucun faux pas ni aucun répit : il lui incombait de multiplier les auditions et de déployer davantage d'hommes dans la ville. Il avait même convoqué sur-le-champ quelques auxiliaires de police issus des renseignements généraux. Dans le lot des informations collectées à la sauvette : des échos de seconde main et des clabaudages dont la plupart étaient dignes des égouts rémois. Rien qui pût changer le cours de l'enquête.

En face de lui, jambes écartées et tenue débraillée, il y avait ce garçon aux traits fins et dont la mèche cachait une partie du front et des yeux vert mousse. D'un geste vif, il la relevait parfois pour mieux fixer son accusateur : celui qui lui avait fait connaître la maison d'arrêt de Reims avec ses cellules miteuses, sa nourriture insipide servie en gamelle, ses douches à quinze pour un même pommeau avec une eau glacée et un maton vicelard, sans parler des chiottes à la turque. Un trou pour quatre détenus et pas une once d'intimité. Il n'était pas préparé à pareille humiliation. Lui, le gamin, confronté à ses compères de cellule, avec leurs casiers judiciaires chargés et leurs mœurs carcérales déjà éprouvées.

Julien Séguier s'était fait insolent. Pas dans les mots, mais dans les gestes. Sa beauté troublait quelque peu Gayant. L'inspecteur, depuis le décès de Gomort et l'admonestation de Razet, avait perdu de sa suffisance. Il avait beau tourner ses phrases à son avantage pour laisser supposer qu'il était à l'initiative de cette remise en liberté, il ne trompait pas le fils de l'herboriste, dont le silence avait le goût amer d'une sentence à venir.

Puis le garçon se décida enfin à rompre son mutisme :

— Vous faites dans votre froc, inspecteur ? Vous vous êtes vu ? On dirait un rat d'égout pris dans une souricière. Pas de chance, le piège s'est refermé sur votre paletot !

Puis, haussant perceptiblement le ton :

— Vous n'aviez aucune preuve ! Aucune. Si ! Le témoignage de cette pourriture de Gomort. Ce coureur de pissotières, ce voyeur pervers qui, la nuit, rôdait dans les parcs de la ville pour mater les amoureux. Il payait filles et garçons pour lui tailler une turlute ! Et c'est sur les racontars de ce salopard que vous m'avez foutu en taule ?

— Dois-je vous rappeler, jeune homme, que c'est à votre domicile que l'on a retrouvé différents poisons, tous issus de champignons vénéneux, ainsi que des traces d'arsenic ? Mlle Montalembert n'a-t-elle pas été empoisonnée ? J'ai là le rapport des expertises physio-chimiques de notre laboratoire. Tous vos échantillons sont mortels ! Curieux pour un garçon comme vous, plutôt doué pour les études scientifiques et promis à prendre la succession de votre père !

— Détrompez-vous. Je n'ai pas l'intention de reprendre *Le Mal de Reims* ! Vous vous foutez le doigt dans l'œil ! Décidément, vous êtes complètement à côté de la plaque ! Avez-vous consulté au moins mon directeur de thèse ?

Gayant reprit ses tics, il lissa sa moustache et tenta de faire une nef avec ses dix doigts réunis, mais la fébrilité qui s'emparait de lui l'empêchait de dessiner une figure symétrique.

— Preuve que non, sinon il vous aurait dit sur quoi portent mes recherches !

Le policier bredouilla, mais le fils Séguier ne lui laissa guère le temps de s'expliquer :

— « Pas de vie sans poison avec option champignons. » Oui, les chats ne font pas des chiens, inspecteur de mes couilles ! Je tiens de mon père ce goût de la médecine qui guérit par les plantes, mais le flicard inculte que vous êtes ignore totalement que l'oxyde d'arsenic, à dose limitée, est encore le plus sûr moyen de soigner les cas de lupus et que, dans tout antibiotique, il y a un poison pour venir à bout du virus…

— Pas besoin d'étaler votre science, jeune homme ! Vous en devenez suspect.

— Suspect, vous n'avez que ce mot à la bouche ! Et pourquoi aurais-je empoisonné Séverine ? Oui ! Pourquoi ? Derrière tout crime, il y a un mobile, n'est-ce pas ? Pourquoi aurais-je voulu tuer cette fille belle comme le jour, mais que je n'ai jamais foutue dans mon pieu ?

— C'est précisément parce que je ne peux pas répondre à cette question que je vous remets en liberté !

— Que vous me remettez en liberté ? Laissez-moi rigoler ! Que l'on *vous* a demandé de me relâcher, parce que mon père a menacé d'engager un grand avocat parisien, que les journaux et les radios ne parlent plus que de ça, que l'erreur judiciaire vous pend au nez comme la crotte au cul !

L'emportement dans les propos du fils Séguier se mêlait au fiel distillé avec la morve de ses vingt ans. Et celui-ci de poursuivre avec la même hargne contenue :

— Et comptez sur moi, inspecteur Gayant, pour vous empoisonnez la vie ! Vous allez me payer très cher les quelques jours que vous m'avez infligés dans ce trou à rat !

À chaque invective, Julien relevait sa mèche. Il pesait chacun de ses mots, comme s'il les avait ruminés durant ses jours de détention. Il était plus cassant encore que n'avait pu l'être le procureur Razet. Et ses menaces, à n'en pas douter, seraient suivies d'effets.

— Vous prétendez donc ne pas connaître Séverine Montalembert ?

— Vous êtes bouché ou quoi ? Je ne vous ai pas dit que je ne connaissais pas Séverine ! Elle venait parfois à la boutique… Je vous ai précisé que je ne la connaissais pas intimement. Voilà tout ! Il faut que je vous fasse un dessin ? Et puis c'était une gamine…

— C'était pourtant une fille pas très farouche, insista le policier en se rencognant dans son fauteuil, attendant une confidence qui ne venait pas.

À présent le regard du garçon chevauchait l'épaule de Gayant pour se perdre parmi les frondaisons qui se balançaient au gré du vent.

L'air était lourd et l'orage imminent.

— Je suis libre à présent ? s'assura le fils Séguier en narguant son accusateur visiblement mal à l'aise.

— Absolument !

« Votre père a le bras long. C'est à lui que vous devez votre liberté. Sachez-le, jeune homme !

— Vous êtes une pourriture !

— Foutez-moi le camp, Séguier, avant que je change d'avis.

Avec un flegme qui relevait de la provocation, le fils de l'herboriste déploya sa silhouette de grand garçon indolent, mais sûr de son charme. Son T-shirt moulait son torse et son blue-jean élimé dessinait des jambes légèrement arquées. Derrière sa mèche rebelle, il déshabillait le policier tassé au fond de son fauteuil. D'un geste ample, Julien Séguier jeta son blouson par-dessus son épaule sans quitter du regard celui qui avait été son impitoyable garde-chiourme.

Au moment de s'emparer de la poignée en porcelaine qui commandait la fermeture du bureau de l'inspecteur divisionnaire, il pointa un doigt d'honneur en direction de Gayant.

Celui-ci avait déjà fait volte-face pour regarder par la fenêtre barreaudée les larges feuilles de marronniers criblées tout à coup par un tir nourri de mitraillette. Une averse de grêle s'abattait à présent sur le boulevard Louis-Roederer. Des glaçons tombaient du ciel et l'horizon avait la couleur de la suie. Tout le vignoble champenois devait trembler d'effroi.

Le « Lautrec de la police », comme l'avait surnommé Théo, n'en menait guère plus large, flapi comme un chat sorti d'une eau glacée.

Hélène avait poussé la porte du *Mal de Reims* pour le plaisir des yeux. Elle voulait connaître cette boutique dont son mari lui avait vanté le décor à l'ancienne, digne, selon ses termes, d'un « apothicaire du temps de Molière ». Elle était prête à s'inventer une petite maladie pour jouir de ce spectacle de boiseries blondes lustrées à la cire d'abeille, de casiers en palissandre et d'une kyrielle de pots en porcelaine ou en faïence.

Soigneusement alignés, il y avait là des chevrettes, des pots à canon, des cruches et des vases à thériaque ainsi que des centaines de tiroirs étiquetés comme dans les muséums.

La clochette retentit, mais la boutique était vide et le comptoir désert. Bouche bée, Hélène Cantarel buvait des yeux ce décor sans hasarder le moindre pas. Un instant, elle se crut dans le palais Lascaris, à Nice, où une apothicairerie du XVIIIe siècle avait suscité son admiration, quelques années plus tôt… Il était évident, voire impératif, que la boutique Séguier devait être classée parmi les chefs-d'œuvre de Reims. Le contraire serait impardonnable. Elle saurait le rappeler à son scrupuleux mari.

À l'heure du déjeuner, l'officine de l'herboriste n'était que vacuité. Hélène s'étonna même qu'elle fusse ouverte entre midi et deux. Dehors, la rue n'était que torrent. Le rideau de grêle variait au rythme des bourrasques tourbillonnantes. Par moments, le tonnerre grondait, mais il ne suffisait pas à étouffer des gémissements qui émanaient de l'arrière-boutique. Hélène tendit l'oreille, immobile.

Étaient-ce des couinements, des râles ou bien de longs soupirs qui s'échappaient des étagères du fond ? À un moment, les ampoules des girandoles vacillèrent, faisant craindre une coupure d'électricité. Un fracas retentit dans la rue des Capucins, comme si la foudre s'était abattue sur le cèdre d'à côté. Aussitôt un cri d'extase emplit l'officine, puis ce fut une plainte lascive, vite étouffée par une voix mâle, un tantinet éraillée :

— Bon sang ! Je te dis qu'il y a quelqu'un !

— Oh, Jacques, cela faisait si longtemps…

Les geignements s'estompèrent et seule la pluie tambourinait à présent contre la devanture de la boutique. Un homme en blouse blanche apparut, la chevelure ébouriffée, les pommettes saillantes et empourprées. D'un geste sec, au travers de sa tenue de service, il rajusta la ceinture de son pantalon.

— Un vrai temps de chien ! pesta-t-il, pour se donner une contenance. Que puis-je pour vous, madame ?

Hélène Cantarel improvisa des migraines pour demander une tisane qui viendrait à bout de ses maux imaginaires. L'homme, assez corpulent, mais aux traits de visage fins, était doté d'un charme auquel il était difficile de résister. L'herboriste, la cinquantaine flamboyante, n'avait pas d'alliance. Juste une montre de marque Breguet qu'il portait ostensiblement à son poignet gauche.

Il se pencha sur un casier où était écrit à l'encre violette : *Rosmarinus officinalis* ; et sur un autre, du même format, on pouvait lire : *Mentha piperita*. Dans le premier, il s'empara de quelques feuilles à l'odeur citronnée qu'il déposa dans un sachet ; du second casier, il sortit de la menthe poivrée qu'il glissa précautionneusement dans une autre enveloppe ; il préconisa quelques décoctions à l'heure où les migraines avaient tendance à se déclarer. Il distillait ses conseils sur un ton calme et rassurant, affublant d'un sourire appuyé chacune de ses recommandations.

L'épouse du conservateur n'était pas indifférente à ce quinquagénaire qui, d'une écriture appliquée, notait au crayon à papier sur les sachets : *romarin, menthe poivrée*. Tout en soulignant ces indications, il déshabillait du regard sa cliente.

L'apothicaire avait les yeux d'un vert profond, comme un véritable tapis de mousse. Hélène fut surprise du montant ridicule de ces remèdes. Même pas une dizaine de francs. Elle glissa ses deux enveloppes dans son sac en bandoulière et se fendit de son plus joli sourire. L'homme le lui rendit avec un semblant de complicité, comme si personne n'était dupe de ce qui s'était joué dans l'arrière-boutique.

— Vous n'avez pas de parapluie ? s'étonna faussement l'herboriste en voyant le rideau de pluie qui obscurcissait la rue.

— Je n'ai pas écouté Albert Simon[1] ce matin ! Un orage est si vite arrivé. Quant au coup de foudre, il ne prévient pas ! ajouta d'un air malicieux Hélène.

L'herboriste était démasqué et s'en amusait. Par tous les moyens, il cherchait à retenir sa cliente.

— Ce n'est l'affaire que de quelques minutes… Vous verrez, très vite, l'orage aura lessivé toute la ville et il n'y paraîtra plus rien… La patience adoucit tout mal sans remède, prétendait le poète Horace.

Hélène s'amusa de cette réflexion incongrue pour un apothicaire. L'homme tenait la poignée en cuivre de son officine comme pour en interdire la sortie.

Déjà, l'averse se réduisait à quelques gouttes et les caniveaux chantaient telles les gargouilles de Notre-Dame. L'orage se faisait la malle et pourtant l'herboriste badinait comme au plus fort de l'ondée.

Sans une once d'hésitation, Hélène reconnut en cet homme affable et charmeur, dont le cou portait encore les traces du rouge à lèvres de sa maîtresse, les traits du garçon ténébreux qu'elle avait aperçu dans

1. Célèbre chroniqueur météo d'Europe 1 dans les années 1970.

le fourgon cellulaire qui le conduisait à la maison d'arrêt de Reims.

Un arc-en-ciel enserrait à présent les deux tours de la cathédrale. Partout, les pavés luisaient et les trottoirs ruisselaient. Même l'ange de la flèche semblait avoir livré une rude bataille pour chasser les nuages de grêle hors de la ville.

Avec sa croix si frêle, il paraissait exténué. Il n'était pas sûr d'avoir pu épargner aux vignes de Champagne les grêlons meurtriers…

Au moment où Hélène s'apprêtait à quitter définitivement l'officine de Séguier, une femme austère apparut derrière le comptoir. Avec élégance, elle rajusta son chignon et cala ses lunettes sur l'arête de son ncz fin. Considérant son amant d'un regard soupçonneux, mais avec l'hypocrisie qui sied aux commerçants, elle se crut obligée de lancer en direction de cette cliente migraineuse :

— Merci, madame. Bonne journée !

15

L'orage passé, un soleil triomphant incendiait à présent les toits de Reims. C'était du plomb qui tombait du ciel et cette chaleur subite était suffocante. Dans la ville, chacun cherchait l'ombre des arbres et, plus sûre encore, celle de la cathédrale. Il n'était pas exclu qu'avant la tombée de la nuit, Jupiter fasse à nouveau des siennes…

Le couple Cantarel avait préféré se retirer dans sa chambre de *La Grenouillère* pour faire la synthèse des découvertes de chacun. Théo était, bien sûr, de la partie. Autour d'une ancienne table à jouer, le trio se perdait en conjectures. Le plus sceptique était Séraphin. Son édifiant déjeuner avec le procureur de la République avait révélé un homme dont l'intégrité s'était quelque peu fissurée. Il espérait seulement que sa foi était plus solide que sa prétendue passion pour la peinture. Était-il compromis, de près ou de loin, dans l'une de ces sordides affaires ? Cantarel n'était pas loin de le croire.

Hélène, quant à elle, était tout émoustillée à l'idée que le propriétaire du *Mal de Reims* et sa dévouée vendeuse aux lunettes strictes partageassent en réalité autre chose que l'amour des plantes et de leurs étonnantes vertus. À l'évidence, nombre d'entre elles devaient être bougrement aphrodisiaques pour provoquer autant d'effets à l'heure où les Rémois s'abandonnaient au repas de midi…

Julien, « l'apprenti empoisonneur », comme l'appelait l'inspecteur Gayant, était-il au courant de la liaison de son père ? Quant à Mme Séguier, que l'on ne voyait que rarement à l'herboristerie, s'était-elle résignée à prendre un amant ? Toutes ces mœurs provinciales amusaient Hélène alors qu'elles indifféraient Séraphin et Théo.

— Pourquoi, Hélène, ne pourrait-on pas vivre à Reims comme à Rouen ces idylles d'alcôve qui font même rire les anges ? railla Séraphin qui s'était affalé sur son fauteuil crapaud.

— Idylle ! Idylle ! Mon chéri, tu parles comme au temps de Flaubert ! Je déteste ce mot… Idylle : ça commence comme idiot et ça finit comme imbécile !

Trélissac pouffa dans son coin. Le couple Cantarel était inimitable.

— Vous ne trouvez pas, Théo ? demanda Hélène.

L'assistant hésitait à prendre une position ferme sur le sujet, d'autant qu'il n'avait pas, en la matière, de point de vue définitif. Cupidon frappait souvent à sa porte et il donnait bien volontiers de sa personne. La fidélité n'était certes pas son fort car il savait depuis longtemps que l'amour était enfant de bohème… Sa naissance en était la meilleure démonstration[1].

En vérité, il n'avait qu'une envie : vérifier son hypothèse. La porte dérobée qui se trouvait derrière

1. Voir *Toulouse-Lautrec en rit encore, op. cit.*

la baraque à souvenirs de Gomort donnait-elle accès à la tour nord de la cathédrale ? Si oui, elle disculpait totalement Quasimodo. Il fallait en avoir le cœur net. Qui, de Séraphin ou d'Hélène, accepterait d'être de l'aventure ?

Avec des mots choisis, Trélissac avança son plan : pénétrer dans la cathédrale avant que Ferragano ne fasse sa tournée de saint Pierre, se glisser dans la bibeloterie de Gomort pendant le dernier office, surtout ne pas broncher, prévoir quelques provisions : de l'eau et un coupe-faim ; se laisser enfermer dans Notre-Dame jusqu'à la nuit tombée. Et là : scier le cadenas. Accéder ensuite à l'escalier, à condition qu'il ne soit pas partiellement effondré depuis les bombardements de septembre 1914. Mieux valait prévoir un jean et un vieux pull plutôt que des escarpins et une robe de soirée…

Séraphin se taisait tandis qu'Hélène se montrait franchement enthousiaste. Le conservateur ne doutait pas de la pertinence de cette expédition, mais il n'avait pas l'âme d'un grand aventurier. C'était un cérébral, un érudit, et il laissait l'action à son assistant et à sa tendre épouse. Pour tout argument, il invoquait sa phobie du vertige, son allergie à la poussière, sans rien dire de sa mauvaise foi.

Hélène était terriblement exaltée à cette idée. Le temps d'une douche, de jeter quelques provisions au fond d'un sac et l'aventure pourrait commencer. Théo se chargerait de trouver dans une quincaillerie de la ville une scie à métaux et deux lampes torches.

Le rendez-vous fut pris pour l'office de dix-huit heures. Seul Séraphin y assisterait dans les travées, priant pour que sa femme et son fougueux assistant se laissent enfermer dans ce tabernacle géant où les Gomort faisaient naguère leur commerce en bondieuseries.

Quand Trélissac quitta *La Grenouillère*, Norbert avait déserté sa pension de famille. Derrière le comptoir se dressait à présent une jeune fille longue comme une asperge, aux yeux délicieusement en amande et dont les lèvres dissymétriques trahissaient un bec-de-lièvre.

La gentillesse qui se lisait dans ses yeux atténuait néanmoins l'ingratitude de sa silhouette, que Théo avait déjà aperçue dans les couloirs. N'était-ce pas cette femme qui jouait les supplétives quand le fils Lectoure voulait s'échapper de cette pension qui était depuis toujours sa prison ?

Angèle, tel était le prénom cousu sur sa blouse blanche, gratifia Théo d'un sourire qui relevait davantage d'une grimace. Mais les belles taches de rousseur colorant ses pommettes saillantes lui conféraient la candeur des êtres simples et heureux.

À l'heure de complies, la nef s'était obscurcie. Dans les travées, seules quelques veuves percluses de rhumatismes étaient suspendues aux lèvres de l'abbé Sotte, dont la faconde méridionale, au terme de cette journée orageuse, s'était un peu estompée.

Même les vitraux de Chagall avaient perdu de leur éclat car le ciel, tout à l'heure encore si bleu, avait viré à l'anthracite. Raphaël Ferragano, bondissant sur son tabouret, arrachait à l'orgue des sons emphatiques et tonitruants.

Pourquoi diable Gayant assistait-il à cet office ? Remettait-il dans la main de Dieu ses maigres indices pour que, le lendemain peut-être, éclate enfin la vérité ? Il redoutait les foudres de Razet et certainement plus encore l'imminence d'un nouveau drame. À la manière dont il enfonçait ses poings dans sa gabardine, on percevait sa fébrilité. De temps à autre, il élevait ses yeux vers la voûte comme si son salut allait tomber du ciel. À moins que ce ne fût pour tuer un mortel ennui ?

Il y avait du reste dans l'assemblée trois fidèles, trois hommes, dont on pouvait raisonnablement penser que la foi n'était pas leur motivation première. Aussitôt Séraphin Cantarel songea à des flics en civil, postés à des endroits stratégiques. Et si Gayant avait eu vent des projets de Trélissac ?

Le conservateur chassa vite de son esprit cette idée et se retourna pour voir si les silhouettes d'Hélène et de Théo se profilaient non loin du bénitier. Personne.

L'inspecteur lui fit un sourire de courtoisie auquel il répondit avec la même discrétion.

Pendant ce temps, l'abbé Sotte expédiait l'office du soir avec une frénésie semblable à celle des hirondelles à l'approche de l'orage, s'enivrant à tire-d'aile dans l'air gorgé d'électricité. Il abusa de l'encens, multiplia les signes de croix et expédia les rares fidèles dans « la paix infinie du Christ ».

— … Amen.

Affublés d'un petit sac à dos et vêtus comme de parfaits touristes, Théo et Hélène avaient profité d'un moment de recueillement pour s'infiltrer dans la boutique de Gomort. Mme Cantarel s'était révélée aussi svelte et hardie que son acolyte. Quand ils se retrouvèrent dans la baraque sur laquelle subsistaient encore les scellés, les deux aventuriers eurent peine à réprimer un énorme éclat de rire. On aurait dit deux gamins farceurs trompant la surveillance de leur chaperon.

La scène ne manquait pas de cocasserie. Le cagibi sentait atrocement l'humidité et le salpêtre ; l'haleine fétide d'Adolphe Gomort semblait encore souffler sur l'épaule des intrus.

Hélène avait allumé sa torche et explorait les boîtes où étaient rangées images pieuses, statuettes et autres cagoteries. Trélissac s'était empressé de sortir la scie à métaux qui lui permettrait de venir à bout du cadenas. Il faudrait attendre la fin de l'office, peut-être la nuit noire, avant de s'y attaquer.

Dans le même temps, Raphaël n'en finissait pas de faire résonner son orgue. Hélène et Théo n'avaient qu'une hâte : que Notre-Dame retrouve sa quiétude nocturne.

Puis le silence s'instaura. Lourd. Inquiétant. Théo crut entendre le gémissement du grand portail et les pas de nain de Ferragano, faisant tintinnabuler son trousseau de clefs. Il souleva le rideau qui dissimulait la porte dérobée et s'étonna que le cadenas ait disparu. La porte était entrebâillée.

Ce constat ébranla l'assistant de Cantarel.

— On s'est fait doubler ! chuchota le garçon.

— Qu'importe ? Montons ! Cela prouve bien que l'escalier n'est pas obstrué ! Allez, grouillez-vous, Théo. Vous avez les jetons ou quoi ?

L'autoritarisme soudain d'Hélène encouragea Trélissac à s'engouffrer par cette porte dont les gonds grinçaient sinistrement. L'escalier en colimaçon était identique à celui de la tour sud : de larges marches couvertes de gravats et de plumes et une main courante en fer forgé tachée de rouille. À intervalles réguliers, une meurtrière laissait entrer un trait de lumière ainsi qu'un vent vif. C'est par là, au cœur du jour et de la nuit, que s'invitaient pigeons, chauves-souris, grands-ducs et chats-huants.

Désormais, Hélène ouvrait la voie. La démarche volontaire, l'œil à l'affût, elle ne souffrait pas de claustrophobie comme Théo et chassait, à coups de plaisanteries vachardes, les ultimes scrupules du jeune assistant. Car, en dépit de sa vigueur, Trélissac manquait de souffle. À moins que ce ne fût la trouille qui le tenaillait ?

— Encore un effort, Théo ! Nous y sommes…

— Cela fait un quart d'heure que vous me rabâchez la même chose !

Soudain, l'ascension des deux compères fut interrompue par un bruit assourdissant qui tétanisa les visiteurs du soir.

L'orage, qui n'avait pas renoncé à cribler de ses grêlons le vignoble de Champagne, repassait vent debout à la charge. La foudre rancunière s'était une nouvelle fois acharnée sur la cathédrale. Peut-être même s'était-elle jetée dans les bras de l'ange à la parure d'or.

— Putain ! Ça fout les chocottes !

— Pour un garçon de la campagne, faire dans son froc au premier coup de tonnerre, ce n'est pas ce qui s'appelle être très courageux…

— Comparé à votre mari, je suis Bayard et Zorro réunis ! rétorqua aussi sec Trélissac.

— Je vous le concède, Théo ! dit Hélène Cantarel en se retournant vers Trélissac qui affichait une mine de carême, les doigts soudés à la main courante.

— Écoutez ! ordonna Théo.

D'un coup, d'un seul, les gargouilles de Notre-Dame s'étaient mises à chanter à tue-tête, dégorgeant à flots continus toute la pluie tombée du ciel.

Selon que les cascades se répandaient sur les pavés, sur des dalles ou sur le parvis, la symphonie musicale changeait sensiblement de tonalité.

Théo et Hélène s'assirent côte à côte sur la même marche humide et regardèrent par l'archère les toits rutilants de Reims. À chaque éclair, l'ardoise des maisons bleuissait le paysage jusqu'à l'aveuglement. Les pignons ruisselaient, les faîtières s'électrifiaient et les girouettes toutes déboussolées grinçaient des dents.

— C'est beau, pourtant... hasarda Théo qui avait éteint sa torche électrique pour mieux jouir du spectacle pyrotechnique.

— C'est curieux tout de même : à chaque fois que j'ai accédé aux toits de cette cathédrale, c'était un soir d'orage, confia Hélène.

— De là est né votre coup de foudre pour Séraphin ? se gaussa Théo en se tenant au plus près de l'archéologue, dont il sentait à présent le doux parfum aux essences de citronnelle.

— Pas exactement, murmura Hélène qui se reprit soudain. Allez, un effort, mon petit Théo, je crois qu'on le tient, votre escalier secret ! Celui dont Gomort gérait l'accès pour ses invités nocturnes.

L'orage tournoyait sans jamais s'éloigner de la cathédrale, comme aimanté par elle. Parfois la foudre étirait ses arcs électriques jusqu'à la Montagne de Reims ; cependant, très vite, elle renouait avec l'ange dont la croix ne parvenait pas à conjurer ses assauts incessants.

Une nouvelle déflagration rapprocha les deux explorateurs. Le bruit de la pluie, le fracas des grêlons devenaient plus prégnants, comme pour précipiter l'issue de leur ascension infernale.

Quelques marches encore et l'escalier donnerait accès à la partie supérieure du beffroi nord de la cathédrale. Celui que l'artillerie allemande avait pris pour cible et dont il ne restait que des étais soutenant une tour dépourvue de bourdons et infestée de pigeons. Un vent fureteur courait sur cette terrasse à ciel ouvert. Théo et Hélène en grelottaient d'avance, mais l'envie d'en découdre était plus forte que les intempéries. Trélissac n'était pas peu fier que ses intuitions se vérifient. Restait à savoir qui avait accès à ce lieu inouï depuis lequel tout Reims se déployait comme une rivière de diamants étincelants.

— Sacredieu, la porte est ouverte ! releva Trélissac.

— Allez, avancez, Théo ! Vous avez peur de vous mouiller ou du coup de foudre ?

— Très drôle !

Quand Hélène Cantarel joua de sa torche pour explorer la part d'ombre qui hantait les lieux, une silhouette se déploya furtivement au pied du campanile.

— C'est un rapace que nous dérangeons, Théo ! tenta de se rassurer Hélène qui brandissait à présent sa torche électrique comme une arme.

— Je n'en suis pas persuadé ! répliqua Trélissac qui braqua son faisceau lumineux à l'endroit même où l'on avait découvert le corps dénudé de l'enfant de chœur.

« Je vous dis qu'il y a quelqu'un ! susurra-t-il à l'oreille d'Hélène.

Le jeune assistant, prenant son courage à deux mains, haussa soudain la voix alors que la pluie redoublait d'intensité.

— Les bras en l'air ou je vous perce la paillasse sur-le-champ. Vous avez entendu ?

— Qu'est-ce qui vous prend, Théo ? hurla Mme Cantarel dont la lampe électrique fouillait de façon désordonnée les ténèbres.

Théo ne répondit pas, éteignit sa lampe, ne se fiant qu'à son ouie. Trempé jusqu'aux os, il restait là, immobile, le souffle coupé. Trois mètres en retrait, Hélène braquait sa torche sur ce chaos de cloches fêlées que les grêlons ne parvenaient pas à réveiller.

Fut-ce l'ange d'or ou celui de pierre qui chassa soudain comme par enchantement les nuages lestés de grêle et de pluie ? Toujours est-il qu'une odeur de foin coupé emplit tout à coup l'espace. C'est alors que Théo pointa sa lampe sur cette présence dont il avait perçu le souffle quelques instants plus tôt. L'inconnu mit la main devant son visage, s'agenouilla et implora qu'on ne le tue pas.

Hélène et Théo n'en croyaient pas leurs yeux. Suppliant, la chemise ouverte, le corps ruisselant, les larmes se confondant avec la pluie, Norbert Lectoure n'était plus que l'ombre de lui-même.

Un être pleutre, prêt à se donner en otage à celui qui percevait le secret de son désarroi.

— Ne me tuez pas, monsieur Trélissac, je vous en supplie ! Je vais tout vous dire, bégayait-il d'une voix chevrotante.

— Relevez-vous ! ordonna Hélène.

L'héritier de *La Grenouillère* tremblait de tout son corps, persuadé que ceux qui l'avaient traqué étaient armés. Il implorait un pardon ridicule, sans justifier les raisons de cette visite insensée sur les toits de Notre-Dame, un soir de tourmente.

— Que foutez-vous là ? demanda Théo.

— J'attendais…

— Vous attendiez qui ? insista Trélissac, menaçant.

— J'attendais… Jocelyne !

— Jocelyne, la bonne du curé ?

— Oui… s'excusa, penaud, le fils Lectoure.

— Parce que vous avez une liaison avec sœur Jocelyne ?

L'hôtelier baissa la tête. Honteux.

— Depuis longtemps ?

— Depuis… deux ans !

— Et vous donniez vos rendez-vous galants sur les toits de la cathédrale ? l'interrogea Hélène.

Norbert Lectoure prit soudain un air mystique :

— Je sais que c'est la volonté de Dieu, lâcha-t-il pour toute explication en regardant le ciel.

Hélène et Théo se regardèrent, effarés par ce qu'ils venaient d'apprendre. Certes, cette histoire d'amour était singulière, toutefois elle était à mille années-lumière de l'idée que s'étaient faite les Cantarel de cet homme un peu précieux et timoré, auquel les mauvaises langues prêtaient en ville des amitiés particulières.

— Qui vous a donné la clef du cadenas ?

— Je ne peux pas vous le dire.

— Je vous conseille, monsieur Lectoure, d'abandonner très vite vos derniers scrupules, sinon…

— Non, ce n'est pas possible… Pardonnez-moi !

Trélissac empoigna les cheveux de Norbert et le précipita au-dessus d'un balustre qui surplombait le parvis, menaçant de le jeter illico dans le vide.

Mme Cantarel tenta d'atténuer les mesures d'intimidation de Théo, mais ce fut peine perdue. L'assistant de son mari voulait arracher le seul aveu qui lui importait. Son comportement était aussi le moyen d'évacuer les angoisses engendrées par cette virée nocturne.

— Un accident est si vite arrivé, monsieur Norbert ! soufflait Théo dans les tympans de l'hôtelier. Et je suis sûr que la justice, assez expéditive dans cette région, conclura à un malheureux suicide de la part d'un meurtrier tiraillé par le remords.

— Non ! Non ! hurlait le patron de *La Grenouillère*.

Puis Lectoure lâcha le nom de… Gomort.

Théo bascula alors la tête de Norbert en arrière.

Livide, Lectoure regardait à présent ses accusateurs avec des yeux de chien battu ; il finit par se retourner avant d'aller vomir sa propre peur sur la jupe des cloches où l'on avait abusé du fils Fortin.

Théo et Hélène restaient silencieux. La soirée ne faisait que commencer. Jocelyne ne viendrait pas. Norbert le savait. Elle avait peur du tonnerre, mais il espérait quand même.

Vers vingt-trois heures, d'un commun accord, les visiteurs descendirent du beffroi par l'escalier qu'ils avaient emprunté à l'aller. Norbert usa d'un trousseau qui verrouillait aussi bien la porte d'accès au clocher que l'escalier prétendument effondré, débouchant sur la boutique de feu Gomort.

Les gestes de Lectoure étaient précis et trahissaient une habitude certaine. Il restait à sortir de la cathédrale par l'une des portes latérales alors que Théo et Hélène avaient prévu de passer la nuit dans la bimbeloterie. Norbert, lui, bénéficiait d'un double d'une des clefs de l'abbé Sotte. Sœur Jocelyne s'était bien sûr chargée de la fabrication de ce passe pour laisser libre cours à ses émois.

Ayant peu à peu recouvré ses esprits, Lectoure se montrait conciliant. Il guida Théo et Hélène dans la cathédrale, plongée dans une encre noire, d'où émergeait un seul point rouge. Une loupiote sur l'autel témoignait de la présence de Dieu en ce lieu sacré.

Quand Théo et Hélène furent délivrés de leur impossible mission, l'orage s'était définitivement dissipé. Seuls quelques éclairs de chaleur blanchissaient l'horizon, plus au sud. Et déjà des étoiles scintillaient dans le ciel rémois. À *La Grenouillère*, Angèle ne fut guère surprise de voir surgir son patron encadré par deux des clients de la pension.

— Rien de particulier, Angèle ? demanda sobrement Norbert.

— Tout va bien, monsieur. Sauf le téléviseur de la chambre 8 qui a grillé à cause de l'orage.

— C'est parfait, répliqua Lectoure sur un ton dégagé. Vous pouvez rentrer chez vous à présent. Bonne nuit, Angèle.

— Bonne nuit messieurs dame ! lança la fille dont le regard langoureux s'attarda un instant sur les épaules de Théo…

16

Quand Hélène rejoignit son mari dans leur chambre, Séraphin, lunettes de lecture sur le nez, s'abandonnait avec délectation aux *Lettres persanes* de Montesquieu. Il fut étonné de voir sa femme si tôt, la mine défaite, le cheveu mouillé et les vêtements réduits à l'état de serpillière. En moins d'une minute, elle lui fit un compte rendu de leur soirée d'épouvante. Cantarel bondit alors du lit, enfila sa robe de chambre et s'assura auprès d'Hélène que Lectoure n'avait pas déserté les lieux.

— Théo est à ses côtés dans le petit salon.

— Je descends ! Change-toi vite, ma chérie, tu n'es pas à l'abri d'une pneumonie ! Viens nous rejoindre quand tu te seras refait une beauté.

Avant de se précipiter en pantoufles au rez-de-chaussée de *La Grenouillère*, Séraphin embrassa sa femme sur le front pour la remercier de sa témérité, puis sur les lèvres au nom d'une histoire d'amour qui n'était pas près de s'éteindre.

Théo ne lâchait pas des yeux Norbert, l'invitant à s'asseoir sur l'un des fauteuils pour calmer ses nerfs. En dépit de la différence d'âge entre les deux hommes, les événements avaient donné un ascendant très net à Trélissac. L'assistant avait pris ses aises, passant derrière le comptoir où une rangée de flacons en faction attendait leur dépucelage.

— Cognac, armagnac, calva ? Vous avez besoin d'un petit remontant, monsieur Lectoure, après tant d'émotions !

— Pour moi, ce sera un armagnac ! clama Séraphin du haut de l'escalier.

— Bien, patron ! acquiesça Trélissac en faisant chuinter le bouchon d'une basquaise qui devait remonter à l'antéchrist.

— Et pour vous, monsieur Lectoure ? insista Théo.

— Rien. Je vous remercie, balbutia l'hôtelier.

— Un double calva pour notre ami ! ordonna Cantarel dont l'humeur maussade était palpable. Et si vous trouvez quelques olives par là, ce serait bien, car M. Lectoure a des choses à nous dire. Hein, monsieur Norbert ? Il est temps de passer à table.

— J'ai tout dit à votre assistant.

— Oh, que non ! Vous n'avez dit que ce qu'il faut pour vous disculper. Ainsi, vous entretenez une liaison clandestine avec une femme que l'on croyait jusqu'alors mariée exclusivement avec Dieu ?

— Mais nous nous aimons vraiment ! Notre amour est ce qu'il y a de plus pur… Bientôt Jocelyne quittera le voile, chevrota Norbert.

— Nous n'en doutons pas, mon ami ! répliqua Cantarel qui arrondissait sa main autour du verre ambré que venait de lui tendre Trélissac. Votre mère, que je savais très pieuse, était-elle au courant de cette liaison ?

Lectoure baissait la tête. Muet.

— Vous faut-il un coup de canne pour vous faire parler ? Car c'était bien ainsi que votre mère vous faisait durement payer vos amours mal inspirées, n'est-ce pas ?

L'héritier de *La Grenouillère* avait sorti de sa poche un mouchoir derrière lequel il ne savait s'il devait abriter ses yeux ou son nez.

— C'est vous qui l'avez tuée ? Avouez ! ordonna Cantarel d'une voix qui ne laissait guère de place à la conciliation.

Norbert se mit à sangloter pour de bon.

Trélissac prit alors le relais :

— Il n'y a eu que la police pour croire à un accident ! La vieille dame impotente est malencontreusement tombée dans l'escalier avec son fauteuil roulant. Que Dieu l'accueille dans son paradis ! ironisa Théo que l'eau-de-vie de Gascogne mettait en verve.

— Félicie Lectoure expédiée au ciel, le plancher était définitivement débarrassé. Finies les humiliations, fini le chantage au quotidien. Vous étiez enfin libre d'aimer qui vous vouliez. Fût-ce une religieuse ! Bien joué, Norbert ! ajouta Séraphin au terme de sa première lampée d'armagnac.

— Je… Je n'en pouvais plus, lâcha Lectoure.

— Ce que je peux comprendre, concéda Cantarel. Mais répondez à ma question : votre mère était-elle au courant, oui ou non, de votre histoire avec la jolie bonne de l'abbé Sotte ?

— Une fois, nous nous sommes fait surprendre par la petite Montalembert. Jocelyne et moi, on s'était réfugiés dans le confessionnal pour s'embrasser. Cette garce l'a vu et est allée le répéter à un enfant de chœur pour lequel elle avait le béguin.

— Le petit Philippe Fortin ? suggéra Théo.

Norbert acquiesça en hochant la tête.

— Qui d'autre que ces deux gamins était au courant de votre liaison ? demanda Séraphin, l'œil plus brillant que jamais.

C'est alors qu'Hélène fit son apparition en haut de l'escalier, vêtue d'une robe légère au tissu fleuri, le cheveu ondulant et le teint étonnamment clair. Trélissac fut sensible à cette métamorphose, mais se garda de toute remarque face à son patron qui multipliait ses questions à l'endroit du fils Lectoure.

— Qui d'autre, Norbert ?

— Gomort, lui aussi, nous épiait… Il voulait nous faire chanter, ce salopard ! Il s'est pointé un matin à *La Grenouillère* et a menacé ma mère de faire éclater notre liaison au grand jour. Il était assuré, criait-il, du scandale et se régalait par avance de répandre en ville les pires cochonneries…

— Quelle a été la réaction de votre mère ? demanda Hélène posément.

— Elle n'a pas haussé la voix. Je m'en souviens comme si c'était hier. Elle lui a dit tout simplement : « Mais, mon pauvre Gomort, il y a belle lurette que je suis au courant ! » Ma mère mentait comme elle respirait. En réalité, elle ignorait tout, mais feignait de tout savoir sur tout.

— Comment s'est terminée cette tentative de chantage ? renchérit Séraphin.

Norbert saisit enfin le verre d'alcool qu'avait déposé Trélissac devant son fauteuil. Il but une gorgée, manqua de s'étouffer et avala aussitôt une nouvelle rasade pour se donner du courage.

— Ma mère fit passer Gomort dans son bureau. Ils y restèrent moins d'un quart d'heure. J'ai bien tenté d'écouter à la porte, mais ils parlaient bas. J'ai juste entendu la voix de cette enflure de Gomort : « Ce sera fait, madame Lectoure. » Puis cet escroc est parti comme il était venu, sourire aux lèvres, en faisant des simagrées à ma mère comme s'ils étaient du même monde.

— À partir de ce moment-là, comment ont été vos rapports avec Gomort ? questionna Trélissac qui n'en finissait pas de s'enivrer avec les effluves de pruneau confit que dégageait cet armagnac de légende.

— Non seulement, il a soutiré du pognon à ma mère, mais c'est lui qui m'a proposé la planque sur les toits de la cathédrale. À chaque fois qu'on s'y retrouvait, Jocelyne et moi, je devais lui laisser un bifton de cent francs ! Il siphonnait la famille par les deux bouts, cette crevure !

Hélène et Séraphin se regardèrent. Ils avaient presque pitié de ce garçon qui, après avoir été l'otage d'une mère impotente et possessive, s'était retrouvé, bien malgré lui, dans les griffes d'un odieux carotteur.

Sans avoir vu juste, Gayant n'était pas dépourvu d'intuition. Si la mort n'avait pas terrassé son suspect, il lui aurait peut-être arraché, avec patience et longueur de temps, quelques aveux. Finalement, la justice divine avait devancé celles des hommes. C'était peut-être mieux ainsi.

— Vous avez une idée du pacte conclu entre Gomort et votre mère ? suggéra Séraphin sur le ton de la confidence.

L'amoureux transi essayait à présent de puiser dans l'ambre de son calvados la force nécessaire pour livrer son plus inavouable secret.

— Une goutte de plus ? suggéra Théo.

— Ce ne sera pas nécessaire, concéda Norbert. Ma mère redoutait par-dessus tout le scandale. Elle a demandé à ce croque-mort d'Adolphe d'éliminer tous ceux qui savaient. Deux innocents : Séverine et… Philippe.

Norbert avait du mal à trouver ses mots, même si sa pensée était claire. Il savait que désormais le masque devait tomber.

Reprenant son souffle, d'un seul trait, il ajouta d'une voix blanche :

— L'honneur des Lectoure était plus important que la vie de deux enfants. Oui, ma mère, qui allait à la messe tous les dimanches, était aussi capable de pareille infamie. Bien sûr, vous ne me croyez pas, n'est-ce pas ?

Les Cantarel et Théo regardaient à présent avec compassion le fils Lectoure recroquevillé dans son fauteuil couleur vieil or.

Sur le palier, le carillon sonna les douze coups de minuit. *La Grenouillère* semblait tout assoupie. Seules les lumières du petit salon témoignaient d'une présence discrète. Qui pouvait soupçonner que s'était joué dans ce décor suranné un drame d'un autre siècle ?

Alors que les voix des pensionnaires devenaient plus feutrées, leurs jugements se faisaient plus doux. La vérité empruntait tout à coup des chemins buissonniers sous l'œil soupçonneux de l'ange au sourire. Car il était là, stoïque et insolent, dans son cadre laqué. C'était une simple reproduction photographique en noir et blanc. L'ange à la tête penchée esquissait son plus énigmatique sourire. Il présidait à ces étranges aveux comme tout ange qui guide vers les sentiers du paradis : avec le visage de l'innocence et le regard de la repentance.

La scène avait quelque chose de surréaliste. Séraphin, sanglé dans sa robe de chambre, Hélène, vêtue comme si elle se rendait à une soirée de gala, et Théo, poussiéreux comme s'il venait d'explorer les catacombes de Rome ou les égouts de Paris. Seul Norbert avait des habits de circonstance : chemise de tergal vert pâle avec son col pelle à tarte et un pantalon à pattes d'ef qui dissimulait une paire de bottines assez élégantes. Un client de passage à *La Grenouillère* aurait pu croire à un conseil de famille tant les visages étaient graves et les révélations à peine croyables, toutes distillées à l'alambic.

Désormais, ce n'était plus vraiment un interrogatoire que menaient Cantarel, sa femme et son assistant. Ils étaient mus par l'envie d'appréhender humainement le cauchemar de cet homme servile dont la mère possessive entendait régir jusqu'à ses amours.

Chaque question était précédée de longs et cruels silences. L'armagnac déliait certes les langues, mais la confession est un acte qui ne va pas de soi. Toutefois, la sensibilité d'Hélène, le paternalisme de Séraphin et la jeunesse de Théo donnaient au fils Lectoure la force impérieuse de vider son sac jusqu'alors tenu fermé.

— Ainsi Gomort a été chargé par votre mère d'éliminer la petite Montalembert ? demanda le conservateur, qui voulait entendre de la bouche même de l'intéressé ce qu'avait fomenté sa génitrice.

Pour tout aveu, Norbert balança la tête.

— Comment s'y est-il pris pour l'empoisonner ? insista Trélissac.

— Je ne sais pas… Mais je sais que c'est lui ! Et lui seul ! J'ai la preuve.

— Quelle preuve ? s'étonna Hélène.

— Ma mère a retiré une importante somme d'argent de son compte au Crédit lyonnais la veille du jour où on a découvert le corps de Séverine dans le confessionnal. N'importe quel flic peut vérifier les mouvements de comptes.

— Vous avez assisté à ce retrait d'argent ?

— Pensez bien que non ! répliqua Lectoure en haussant les épaules.

— Rassurez-moi, feu votre mère n'est pas allée toute seule à la banque en fauteuil roulant ? objecta Séraphin.

— Elle n'avait confiance qu'en son grand ami.

— Qui ça ? souffla Séraphin.

— Le colonel de La Roquette. Un militaire à la retraite. Vous avez dû le croiser en ville. Il passe son temps à siroter du champagne, à fumer le cigare et à mater le derrière des jeunes gens…

— Vous êtes en train de nous dire que le colonel était complice du meurtre de la fille Montalembert ?

Tour à tour, Norbert regarda dans les yeux ses trois interlocuteurs. Il voulait lire dans leurs pupilles effarées la suite présumée du récit induisant la mort de l'enfant de chœur.

— C'est donc le colonel qui s'est chargé de faire taire définitivement le petit Fortin ? anticipa Théo, en même temps qu'il glissait une lampée d'armagnac dans sa gorge nouée.

Lectoure esquissa un sourire de dégoût :

— Inutile de vous dire qu'il ne s'est pas fait payer, lui ! Ce vicieux a dû y prendre du plaisir. Pauvre gamin…

Séraphin se racla la gorge à deux reprises. Hélène lui prit le poignet et noua ses doigts dans ceux de son mari devenu silencieux.

— Je parie que cette pourriture de Gomort a assisté au viol ! conclut Trélissac qui s'extirpa du fauteuil, prenant tout à coup la pleine mesure de l'horreur des scènes que suggérait à mots couverts Lectoure.

— Une chose est désormais claire, marmonna le conservateur, c'est ce libidineux de Gomort qui régissait l'accès secret au clocher ! Mais, bon Dieu, jusqu'où va se nicher la perversion ? pesta Cantarel.

— Dans la main de l'ange, suggéra Hélène pour détendre l'atmosphère.

Elle regardait la photographie de l'ange au sourire, qui grimaçait à l'énoncé de ces révélations scabreuses.

— Et Ferragano, Norbert, il n'a jamais trempé dans l'une de ces deux affaires ? demanda Théo. Car, un jour, je l'ai vu récupérer sous le manteau une enveloppe de la main même du colonel de mes couilles !

— Quasimodo ? Lui, pour le coup, il porte bien son prénom. Raphaël ! C'est un ange, croyez-moi ! Un saint homme ! Quand je pense qu'il sert de collecteur de fonds pour le denier du culte ! C'est lui qui, mine de rien, ramène les plus gros chèques à Delvert. Il s'arrange toujours pour faire payer les petits-bourgeois de la ville. Tous les notables. Ceux qui ont mauvaise conscience. Et le colonel, paraît-il, n'était pas le moins généreux.

Trélissac regarda la basquaise qui portait sur son épaule le blason d'une vieille famille gasconne. Il fallait se rendre à l'évidence : la bouteille d'armagnac était désespérément vide.

L'eau-de-vie qu'elle recélait avait les vertus d'un sérum de vérité. Elle éclairait d'un jour nouveau un fait divers qui avait défrayé la chronique. Au fond des verres de chacun des quatre protagonistes, il y avait ce parfum subtil de rancio signant les alcools passés par les meilleurs foudres[1], qui se bonifient à l'épreuve du temps et dont les anges réclament, chaque année, leur part.

— Il va falloir raconter tout cela à Gayant, avant que le procureur Razet ne l'envoie aux galères ! persifla Séraphin, le nez encore plongé dans son verre. Mais avant tout, Norbert, vous devez vous confesser auprès de l'abbé Sotte et lui annoncer avec ménagement que vous lui confisquez sa bonne. Je ne suis pas sûr que vous vous en tiriez avec deux Pater et trois Ave !

Sur ses lèvres finement ourlées, Lectoure dessina alors un sourire qui n'était pas sans rappeler celui enchâssé dans le cadre en laque.

1. Tonneau de grande quantité servant au stockage des alcools (cognac, armagnac, bière…).

ÉPILOGUE

Le 6 septembre 1975 comparaissaient devant la cour d'assises de la Marne MM. Norbert Lectoure, accusé de parricide sur la personne de Mme Félicie Lectoure, née Louveciennes, et Victor de La Roquette, ancien colonel en retraite, pour crime sexuel sur le jeune Philippe Fortin. Le premier fut acquitté à l'unanimité par les jurés alors que le second fut condamné à la réclusion à perpétuité.

L'inspecteur Louis-Guy Gayant rejoignit le légendaire quai des Orfèvres à Paris, un an après ce jugement. Dans les semaines qui suivirent les aveux de Norbert Lectoure, il mit un point d'honneur à démontrer la culpabilité d'Adolphe Gomort dans l'empoisonnement de Séverine Montalembert. C'est dans la cabane de son pavillon de la banlieue de Reims que l'on retrouva l'arséniate de plomb qui avait servi à « neutraliser » la jeune fille, lequel pesticide avait été utilisé, six mois plus tôt, par Gomort pour éliminer sa propre femme qui, informée des agissements de son scandaleux mari, menaçait de tout révéler à la police.

Georges Razet a quitté la magistrature et a repris le chemin de la faculté. Il se murmure à Reims qu'il prépare une licence en histoire de l'art. Pour sa part, le jeune Julien Séguier a renoncé à l'herboristerie de son père (désormais classée à l'Inventaire supplémentaire des monuments historiques de France), préférant mettre ses talents de chercheur au service d'un grand laboratoire pharmaceutique du sud de la France.

Marc et Valentina Chagall ne quittent plus Saint-Paul-de-Vence où ils coulent des jours vermeils. Récemment, ils ont convié le couple Cantarel à dîner à *La Colombe d'or*. Hélène fut déçue de ne pas apercevoir le couple Signoret-Montand. Il paraît que leur histoire d'amour bat de l'aile…

Théo, le bourreau des cœurs, a fait une nouvelle conquête qui se prénomme Marie-Ange. L'amoureuse rêve de vivre à Los Angeles. Trélissac s'y refuse catégoriquement.

Depuis peu, l'abbé Sotte a une nouvelle bonne, Virginie. Les mauvaises langues disent qu'elle fricote avec Quasimodo, mais le curé n'en croit pas un traître mot. Quant à Jocelyne, sans renier Dieu, elle a renoncé définitivement au port du voile pour convoler en justes noces avec son Norbert. Ils ont vendu *La Grenouillère* et ont ouvert une maison d'hôtes à Bidard, près de Biarritz. Un vrai havre de paix face aux tumultes de l'Océan. L'établissement, très bien tenu, ne désemplit pas. Aux dernières nouvelles, le couple aurait eu un enfant. « Un vrai petit ange qui sourit tout le temps », assure le père, qui n'est jamais plus revenu à Reims…

REMERCIEMENTS

L'auteur tient à exprimer ses plus sincères remerciements à Geneviève Besse-Houdent, historienne d'art, Stéphane Micoud, diplômé de l'École du Louvre, Hervé Toullec, conseiller municipal de Reims, Jacques Michelet, président d'Interpol'art à Reims et Brigitte Lecolle pour leur amicale et toujours très cordiale collaboration.

Il n'est pas inutile de rappeler que ce roman est le fruit de l'imagination de son auteur. Toute ressemblance avec des personnages existants ou ayant existé ne serait que fortuite ou coïncidence.

MIXTE
Papier issu de
sources responsables
FSC® C003309

10/18, une marque d'Univers Poche,
est un éditeur qui s'engage pour
la préservation de son environnement
et qui utilise du papier fabriqué à partir
de bois provenant de forêts gérées
de manière responsable.

Impression réalisée par

BRODARD & TAUPIN

La Flèche (Sarthe), 70193
Dépôt légal : octobre 2012
X05711/01

Imprimé en France